Caio Riter

O Sobrevivente

Panda Books

Direção editorial
Marcelo Duarte
Patth Pachas

Gerente editorial
Vanessa Sayuri Sawada

Assistentes editoriais
Henrique Torres
Laís Cerullo

Assistente de arte
Samantha Culceag

Capa
Benson Chin/Casa Locomotiva

Diagramação
Carolina Ferreira

Preparação
Maísa Kawata

Revisão
Ronald Polito
Vanessa Oliveira Benassi

Impressão
Corprint

CIP-BRASIL. CATALOGAÇÃO NA PUBLICAÇÃO
SINDICATO NACIONAL DOS EDITORES DE LIVROS, RJ

R498s
Riter, Caio
O sobrevivente / Caio Riter. – 1. ed. – São Paulo: Panda Books, 2025.

ISBN 978-65-5697-444-6

1. Ficção brasileira. I. Título.

25-98438.0 CDD: B869.3
CDU: 82-3(81)

Gabriela Faray Ferreira Lopes – Bibliotecária - CRB-7/6643

2025

Um selo da Editora Original Ltda.
Rua Henrique Schaumann, 286, cj. 41
05413-010 – São Paulo – SP
Tel./Fax: (11) 3088-8444
edoriginal@pandabooks.com.br
www.pandabooks.com.br
Visite nosso Facebook, Instagram e Twitter.

FSC
www.fsc.org
MISTO
Papel | Apoiando uma gestão florestal responsável
FSC® C121203

SUMÁRIO

Sessão 1 7
Sessão 2 12
Sessão 3 15
Sessão 4 18
Sessão 5 21
Sessão 6 24
Sessão 7 26
Sessão 8 31
Sessão 9 37
Sessão 10 42
Sessão 11 47
Sessão 12 52
Sessão 13 56
Sessão 14 61
Sessão 15 65
Sessão 16 68
Sessão 17 74
Sessão 18 77
Sessão 19 83

Sessão 20 87
Sessão 21 91
Sessão 22 96
Sessão 23 100
Sessão 24 104
Sessão 25 107
Sessão 26 111
Sessão 27 114
Sessão 28 119
Sessão 29 124
Sessão 30 129
Sessão 31 134
Sessão 32 141
Sessão 33 147
Sessão 34 153
Sessão 35 159
Sessão 36 163

Dias sim, dias não, eu vou
sobrevivendo sem um arranhão
da caridade de quem me detesta.
Cazuza

SESSÃO 1

Eu sou o Francisco. Minha mãe me chamava de Chico. Meu tio me chama assim também. Só vim aqui porque ele achou que seria bom pra mim. Só por isso. Não tenho muito o que falar. (...) Você ficou esse tempo todo me olhando, não desviou o olhar, nem fez nenhuma pergunta. Melhor. Melhor assim. Ando cheio de perguntas. (...) Não quero falar nada. Só vim aqui porque meu tio pediu, já falei. (...) Não sei se falar ajuda. Pessoas como você e o meu tio devem achar que sim. Pessoas como eu têm dúvidas. (...) Mas ficar em silêncio pode ser apenas perda de tempo e eu acho que a gente não tem muito tempo a perder na vida. (...) Sobrevivi à morte de minha mãe. Pelo menos até agora. Meu tio mudou a vida dele por minha causa, e eu, às vezes, só às vezes, sinto pena dele. Precisou deixar pra trás alguns sonhos. Por isso vim aqui: por ele, que colocou pra si mesmo a obrigação de cuidar de mim. E eu tinha nove anos, faltava um mês pro meu aniversário de dez anos; minha mãe tinha prometido que me daria um celular, estava juntando dinheiro, ia fazer a festa naquele espaço em que o Claudinho fez os onze dele. Foi um aniversário muito legal, o do Claudinho. Mas aí. (...) Aí ela saiu pro trabalho, me deu um beijo no rosto, outro na testa. Ela sempre fazia assim. Disse que à noite ia fazer lasanha (eu gosto muito de lasanha), que o tio e a nova namorada iam jantar com a gente. Era sexta-feira. A porta fechou. E eu fiquei olhando pra ela, depois corri, abri a porta, gritei o nome da minha mãe, que eu não chamava de mãe:

– Manuela.

Minha mãe se voltou, sorriu, perguntou se havia acontecido algo.

– O que foi, filho?

– Nada, não. Só queria te dar tiau.

Ela acenou, enviou um beijo com a mão e mergulhou no elevador pra nunca mais. E não tive festa de aniversário naquele ano, nem nunca mais. (...) Meu tio não me deixou ver o corpo. Disse que era melhor eu guardar a imagem dela viva, sorridente, feliz. Eu concordei com ele; era apenas um guri de quase dez anos, completamente despreparado para essas coisas de morte. Hoje, por vezes, duvido se fiz bem. Acho que deveria ter visto minha mãe no caixão. O corpo da minha mãe no caixão. Penso que tudo teria sido diferente, que eu não seria esse cara ensimesmado, que, sei lá, teria me despedido do jeito que um filho precisa se despedir. Não sei se estou certo. Não sei se meu tio fez bem. Claro que sei que ele pensava em mim, naquele garoto meio desesperado que eu era e que não entendia bem o que significava não ter mais mãe. Ah, o fato é que não sei mais nada. Mais nada. (...) Sobrevivi, é certo; sobrevivi aos olhares de pena dos professores, dos meus colegas, até dos meus vizinhos de prédio: pessoas que, antes, passavam por mim pelos corredores e nem sabiam quem eu era agora me davam bom-dia, agora diziam que, se eu precisasse de algo, era só bater na porta. Alguns diziam o número do apartamento; outros não, como se fosse óbvio que eu soubesse onde morava aquele tanto de estranhas gentes. E teve aquela senhora de cabelo lilás, acho que era a síndica, que falou o que pra ela parecia natural, mas não era, não. Pra mim, não era:

– E você vai morar com seu pai?

Nunca tive pai. Essas coisas de carinho de pai, de colo de pai, de jogar bola com pai ou ir aos jogos do Grêmio com o pai; isso eu nunca tive. Nunca vi uma foto dele; não sei quem é (ou quem foi) meu pai. Era tão natural sermos minha mãe, eu e meu tio (às vezes, as namoradas do meu tio), que eu nunca senti falta de pai. Tá, sentir eu até sentia, sobretudo naquelas festas de escola, lá pelo mês de agosto, em que se comemorava (ainda se comemora, eu sei) o Dia dos Pais, e a gente tinha que fazer algum presente ou cartão. Eu fazia o cartão ou o presente e mentia que meu pai trabalhava numa empresa fora do país, que a gente era muito parecido, que eu tinha o mesmo nome que ele, que nos falávamos muito pela internet.

A verdade é que a minha mãe um dia resolveu ser mãe. E foi. Produção independente, ela disse. Eu era criança, acho que entendi ou que fingi que entendi, afinal nunca tinha tido pai. Será possível sentir saudade de algo que nunca se teve? Naquela época, antes de minha mãe morrer atropelada quando voltava do trabalho, eu achava que não.

Mas aí.

Aí o caminhão desgovernado me deixou sem mãe. Ficamos eu e o tio, agora sem namoradas. E às vezes penso sobre o que a minha mãe fez e fico com raiva dela e me sinto culpado por sentir essa raiva, afinal ela não tá mais aqui pra se defender e tal. Mas acho que foi egoísmo. Não pensou em mim quando resolveu que eu não teria pai, que eu não merecia ter um pai. Não pensou que, se morresse jovem, eu ia ficar sem pai que me cuidasse.

SESSÃO 2

Há noites em que fico sozinho em casa; o tio diz que vai sair com os amigos e que, talvez, durma na casa de algum deles caso fique muito tarde. O talvez dele é sempre certeza. Se diz que talvez não vá dormir em casa, nós dois sabemos que não vai mesmo. Eu gosto, sabe? Fico até tarde vendo alguma série ou assistindo a algum filme alternativo, desses que, se perguntar pra um colega da escola (caso tivesse intimidade pra isso), ninguém jamais saberia do que eu estaria falando. Ninguém na minha idade, acho, vê esse tipo de filme. Preferem *Os vingadores* ou algum filme de aventura, tipo *Velozes e furiosos* número mil e pouco. Gosto dos filmes do Batman também, não de todos, só os mais góticos, que recuperam a real essência do Cavaleiro das Trevas. Ah, confesso que não sei de onde vem esse meu gosto. Só sei que gosto. Sou meio esquisito, sei disso. Meu tio prefere dizer que sou atípico, um cara diferente do óbvio; diz também que é legal ser diferente, que a gente se destaca. Se destaca pela estranheza, isso sim. Mas não questiono meu tio; ele que pense o que quiser. O fato é que sou um estranho no ninho, se é que a escola em que estudo possa ser vista como um ninho. Estudar nela ou em qualquer outra não faria diferença alguma. O estranho sou eu e, pra onde for, levarei comigo minha esquisitice, é certo. Meu tio até já pensou em me mudar de escola.

Digo que não.

– Estou bem, tio. Não esquenta.

Na verdade, não ando muito bem, não. É difícil olhar pros lados e não encontrar nenhum olhar de entendimento, nenhuma expressão simpática ou de afeto. Sou sozinho naquela sala de trinta e dois estudantes. Só eu e eu. Eu e mais eu. Eueueueusósempreeu. E vou levando, que logo o ano acaba, que logo tudo acaba. E daqueles adolescentes preocupados com o visual, preocupados mais em colar nas provas do que em aprender, não ficará qualquer lembrança. Eles talvez até se lembrem de mim, talvez em conversas futuras, quando se encontrarem pra relembrar os tempos de Ensino Médio, falarão do colega estranho (eu, no caso) e se perguntarão por onde andarei, o que estarei fazendo, se continuarei sendo o mesmo esquisitão de sempre. E o pior, Marília, é que não faço a menor ideia do que serei, não faço ideia. (...) Serei lembrança neles; eles serão nada em mim, só uma multidão homogênea, sem rostos, sem nomes, sem qualquer identidade, tipo essas pessoas por quem cruzo na rua ou no ônibus todos os dias.

Sou o esquisito. O diferente. E me tornei isso, acho, desde o primeiro dia na escola, quando um grupo de colegas me cercou e ficou fazendo um monte de perguntas idiotas. *Qual seu nome? De que escola você veio? Seu pai trabalha com o quê? E a sua mãe?*

(...)

É isso, por hoje é isso. Pra mim, que não estava querendo vir aqui, até que já falei bastante, né?

SESSÃO 3

A minha mãe morreu e eu sobrevivi à morte dela. É provável que eu fosse outro se aquele dia em que eu abri a porta pra me despedir não tivesse sido a última vez. Quantos caminhões desgovernados matam mães que retornam do trabalho? Existirá uma estatística? Você conhece alguma? Números, porcentagens, gráficos? Quantas crianças ficam órfãs ao ano no Brasil? Ao mês? Num dia? Numa sexta-feira qualquer? E morrem de quê essas mães? E pais morrem também atropelados? Mais do que as mães? De pais, nada sei. O tio, acho que faz um pouco o papel de pai. Mas um pai pouco pai. Creio que ele fica querendo apagar em mim essa perda irreparável. Cuidou (e cuida) de mim desde então. Se sente responsável. Se interessa mais por mim do que por ele mesmo, às vezes eu penso isso. Não sei se me entende, Marília. Posso te chamar assim, né? Faz tempo que quero perguntar isso. Pergunta meio atrasada, eu sei. É que não gosto de chamar ninguém de senhor ou de senhora. Até minha mãe eu chamava pelo nome. (...) Então, meu tio sai com os amigos, mas não os leva lá em casa. Só o Artur. Esse de vez em quando aparece; eles fazem pizza, me convidam pra comer com eles e, depois, vão pro quarto do meu tio compor músicas. Meu tio escreve as letras; o Artur cria as melodias. São sempre canções românticas, com letras e ritmos pouco criativos, tudo muito igual. E, se mostram para mim, digo que estão legais, embora não pense assim. Sei que não é certo, sei. Sei que meu tio é meu parceiro, que merece que eu diga a verdade sobre o que penso. Mas também sei que, quando eles me incluem na dupla e a gente passa a ser trio, é porque acreditam que o que produziram poderá me agradar. Aí eu escuto, sorrio e digo que está legal, que gostei. Só que a maior parte das vezes eu não gosto. Não minto por mal. Aliás, creio que as músicas que eles fazem podem agradar a maioria das pessoas. Muita gente prefere coisas mais simples, que exijam pouco delas, que lhes digam o que elas já sabem; acho que a maioria das pessoas é mesmo assim: não quer correr riscos e tal. (...) Fico pensando nas músicas do Cazuza. Sabe? Muito diferentes das do meu tio e do Artur. (...) Teve uma melodia que eu curti. Ela não tinha letra. Então, um dia em que eu tava cheio de coisas pra fazer, mas sem vontade de fazer nada, lembrei da tal melodia, aí escrevi uma letra pra ela. Não mostrei pro tio nem pro Artur. Ficou guardada dentro do caderno de matemática; às vezes releio, cantarolo, faço alguns ajustes. Parece que nunca está boa. Nada digno do Cazuza. Escrevo e reescrevo, troco uma ou outra palavra, acerto (ou tento acertar) o ritmo. (...) Nunca mostrei pra ninguém, mas, se quiser, um dia, quem sabe, posso trazer pra você ler. Ou pra eu ler pra você.

SESSÃO 4

(...)

Escrever me ajuda, Marília. Acho que sim, não sei. Nem sempre escrevo o que sinto. Só de vez em quando. Se meu tio passa a noite fora, aí vejo séries e escrevo um pouco. Nada organizado. Vou escrevendo pelos cadernos da escola. Um pouco no de história, outro pouco no de língua portuguesa ou no de química. Escrevo no que estiver mais à mão. E não ponho datas, não há organização qualquer. É meu jeito. Às vezes, apenas uma frase, tipo: *Eu sobrevivi à morte de minha mãe*. Outras vezes, pode ser uma pergunta, ou várias, sobre quem é meu pai: *Está vivo? Sabe que tem um filho? Qual era a relação da minha mãe com ele? Eram namorados, amigos, desconhecidos? O que tenho do meu pai em mim?* É nessas horas que penso que minha mãe foi egoísta ao tirar de mim o direito de ter um pai. Mas aí também quero acreditar que, se aquele caminhão desgovernado não tivesse abraçado a Manuela, eu poderia ter-lhe feito essas tantas perguntas, e ela, é claro, me forneceria todas as respostas. Você não acha? Eu creio que sim. O saco é não ter ninguém que possa dizer algo sobre e, se tivesse, também não sei se eu teria coragem pra perguntar. Tem meu tio, claro. Tem ele. E agora lembrei de uma amiga da minha mãe, a Maria de Lourdes. As duas eram colegas de trabalho. Foi ela que trouxe a notícia da morte da minha mãe: me pegou no colo, me deu um beijo, disse que minha mãe cuidaria sempre de mim de onde quer que ela estivesse. Eu, por ser criança boba e por estar desesperado, acreditei. Hoje já não acredito, não. Acho que não acredito em outras vidas, em espíritos. Somos só isso que somos mesmo: matéria. Até foi divertido na aula de filosofia, quando o professor perguntou se a gente (eu e meus colegas) acreditava em vida pós-morte. Só eu disse que não. Aí todo mundo se voltou pra mim, e li, naquelas caras todas iguais, o quanto me achavam esquisito. Uma colega, a Júlia B, fez pergunta:

– E o que você acredita que vem depois da morte?

Sorri, tentei mostrar o quanto aquela pergunta era desnecessária.

– Nada – respondi.

– Isso é porque você nunca perdeu ninguém importante na sua vida – ela insistiu. E seus olhos me desafiavam. Eu nunca havia perdido ninguém importante na minha vida, ela tinha dito. Falou do alto de uma sabedoria que julgava ter e que era por demais equivocada. Ora, Marília, eu apenas sorri. Não disse mais nada. A burrice me cansa.

(...)

SESSÃO 5

São poucas as memórias de mim criança. Essas coisas de estar com a família na praia, nas festas de fim de ano, aniversário e tal. E eu tive tudo isso, sei que tive, há fotos pra provar. Minha mãe era do tipo que gostava de álbuns de fotografias. Era bem organizada: tudo etiquetado e disposto cronologicamente. Só que – é muito estranho isso – me vejo nas fotos (um pouco mais cheio de carnes do que hoje), riso feliz, bem loiro, mas não me reconheço. Fico querendo recuperar aqueles tempos em que pareço feliz, porém não consigo. Vez ou outra vem alguma imagem: eu no colo da vó, e ela me ajudando a soprar a vela de meu aniversário de quatro anos. Sei que era de quatro anos, tinha a vela pra marcar a idade; me lembro da vela acendendo e apagando e acendendo e apagando e acendendo e apagando, e as pessoas rindo e repetindo que eu deveria fazer pedidos e mais pedidos. Uma vez ouvi dizer que eu não poderia ter essas lembranças;

acho que li numa revista ou em algum site, não sei bem. Li que crianças não guardam memórias da primeira infância. Essas eu guardei, Marília. Tenho certeza. Lembro também que minha mãe lia histórias pra eu dormir, e cantava o *Boi da cara preta*. Que estranho. Só agora me dou conta de que, com o tio, a gente faz algo parecido. Ele não canta pra eu dormir, nem lê com esse propósito. Ele lê em voz alta pra mim, mas mais pra dividir a leitura comigo, sabe? Leitura a dois. Ele lê um pouco; eu leio outro pouco. É um jeito da gente estar próximo, acho, depois de um dia cansativo: ele do trabalho; eu do colégio. Ah, claro que gosto, mesmo quando estou cansado, eu gosto. Acho bom, é meio o jeito dele de me dar atenção e carinho. Não é? Meu tio é funcionário público, desses que buscam a segurança, a estabilidade, em troca de pouco prazer no trabalho. Faz aquilo que qualquer outra pessoa que tivesse ficado melhor colocada no concurso de que ele participou também poderia fazer (ou até quem nunca passaria no concurso poderia fazer, se é que você me entende). Um trabalho *chato e monótono* (são palavras dele), quando seu desejo maior talvez fosse ser músico, ele e o Artur, que também é funcionário público. Não digo isso pro meu tio e, quando ele fala em um dia eu fazer algum concurso, desconverso. Na verdade, ainda não sei o que quero fazer na vida. Não sei. O certo é que quero trabalhar com algo que me dê prazer. Se é que isso é possível: trabalhar e, ao mesmo tempo, ter prazer. Só faria um concurso público se fosse nestas condições: trabalhar com o que gosto. Mas na verdade eu não sei do que gosto. E esse papo sempre surge na escola: *Vai fazer o que na faculdade?* Meus colegas, a maioria, todos sabem: medicina, direito, publicidade, alguma das engenharias, relações internacionais. Um monte de profissões que dão status. Acho que nunca vi alguém dizer que quer ser professor ou bibliotecário. E se alguém pergunta o porquê de tais escolhas, ninguém consegue dar uma única resposta que me convença. E eu que sou o esquisito.

(...)

SESSÃO 6

Ser magrelo sempre me incomodou e fez eu ter um pouco de vergonha da nudez. Detesto trocar a roupa na frente de alguém, odeio ter que tomar banho após a educação física, acho uma invasão de olhares sobre a gente. E sempre tem algum colega que adora expor o corpo malhado por horas e horas de academia; algo bizarro e completamente absurdo, eu acho. O Ernesto, por exemplo. E o Ramon. Os dois ficam lá, pelados, tomando banho e conversando sobre os jogos do Grêmio ou do Inter, como se não tivesse ninguém além deles no vestiário. Daí, disfarço minha magreza: uso roupas mais largas, que talvez reforcem minha esquisitice. E, se é pra ser esquisito, que seja, foi o que me dei conta um dia, quando vi um cara no ônibus. Ele era todo diferentão: usava roupas estampadas, antigas, fora de moda. Não só as roupas; óculos e sapatos também. Foi aí que resolvi me vestir assim meio estranho. Comecei a frequentar feiras de brechó. Um casaco de terno jogado por cima de uma camiseta preta, uma calça larga, estampada ou algo assim, foram formando a minha identidade. E eu gosto, Marília. Gosto de ser assim. Até me divirto. Claro que às vezes me sinto estranho, provocativo. E sozinho. Faz falta ter alguém da sua idade que curta as mesmas coisas que você, as mesmas séries. Que goste do Batman mais sombrio. Que saiba (ou pelo menos entenda) o que é ser um sobrevivente.

(...)

Hoje vou parar por aqui. Pode ser? Estou meio cansado. Tiau.

SESSÃO 7

Falei pro meu tio que encerrei nossa conversa bem rápido na semana passada. Ele disse que não pode. Que, se pago, tenho que falar até o final. O tio tem dessas. Mas o fato é que hoje não tenho muito o que falar. Nem sei se adianta alguma coisa eu vir aqui e ficar falando coisas que nem sei bem por que aconteceram (e acontecem) na minha vida. Não sei direito quem sou e por que sou; não sei direito o que quero e o que serei no futuro, se é que existirá um futuro. Caminhões sempre podem surgir no meio do caminho. É tudo (está tudo) confuso pra mim, Marília. Sou confuso. Sou esquisito. Confusoesquisitoesquisitoconfuso. É, creio que isso me define bem: um magrelo esquisito. Um magrelo esquisito que se veste com roupas de brechós. Um magrelo esquisito sobrevivente. Ou seria o oposto? Um sobrevivente magrelo esquisito. O que terá nascido primeiro: a esquisitice? O caráter de sobrevivente à morte de minha mãe? Ou essa sensação estranha de ter sido abandonado na vida sem pai nem mãe? Ninguém de uma geração anterior à minha além do meu tio. E ele se esforça pra dar conta de algo para o qual não foi preparado, mas pelo qual se sente responsável: eu. E vou me sentindo um peso. Digo a ele que viva, que namore, que tudo bem, fará bem a ele. Meu tio desconversa, muda de assunto, segue a vidinha quadrada de funcionário público, guardando o sonho de viver da música pra quando se aposentar. E se esse tempo chegar, ele vai ter o ímpeto de juventude pra viver o que deveria estar vivendo agora? Não sei se ele adia o sonho (ele e o Artur) por minha causa (ou melhor, por causa da morte da minha mãe) ou se porque faz parte da personalidade dele ser essa criatura que teme a ousadia. Eu só temo ser sozinho. Disso tenho medo. E, ao mesmo tempo, não consigo ser o cara agradável, aquele que reúne amigos e sai pras baladas, como o André Ricardo. Ah, é. Nunca falei dele. Ele é o típico guri-simpatia; aquele que se dá bem na escola, que é elogiado pelos professores, que tem uma namorada toda certinha, namoro de mais de ano, parece. O tipo que eu não gostaria de ser. Ou gostaria? Na verdade, creio que todo mundo na escola quer ser como o

André Ricardo. Só que eu não consigo ser normal, Marília. Mesmo que tente, não consigo. Como assim? Ora, ser normal é ser normal. Simples. Ser um adolescente comum, que não chame a atenção pela diferença, pela magreza, pelo silêncio, pelo olhar que mais observa do que interage. Um adolescente que sai com os amigos, que tem amigos, aliás. E tem namorada e beija a namorada. Eu não sou nada disso. Sou o esquisito do grupo, o estranho da escola, aquele que, na hora de formar grupo pra algum trabalho, acaba fazendo a atividade com os que são menos populares. Claro que há, na turma, mais gente impopular. Não sou criatura única. Tem o Ernesto, que é limitado das ideias, mas é um baita jogador de futebol e adora exibir os músculos o tempo todo. Tem a Júlia B, que tem os cabelos pintados de azul, que fala demais, é chata demais, não lê nada, não estuda nada, não sabe nada. Acabo me juntando aos dois e a mais um ou outro que fique sem grupo, dependendo da divisão proposta pelos professores: trios, quartetos, grupos de cinco ou seis. *Tem que formar seis quintetos, é matemática, ela é precisa*, costumam falar os professores mais metidos a engraçadinhos (detesto esse tipo de professor:

aluno é aluno, professor é professor e pronto. Não precisa de gracinha pra forjar uma proximidade de impossível realização). Bom, quando isso ocorre, essa história de formar grupos, já olho pro Ernesto e pra Júlia B. A gente já não espera mais sobrar, é uma espécie de proteção, aí juntamos as mesas e aguardamos que alguém se aproxime e pergunte se pode trabalhar com a gente, ou que o professor mande alguém que domine os números com precisão como brinde pro nosso trio. Legal é ver a cara de contrariedade deles. Um saco. E, com exceção da Júlia B, que fica organizando o grupo e tagarelando pelos cotovelos (fala um monte de bobagens), a gente faz o trabalho falando o mínimo possível. Apenas nos toleramos durante a atividade. E é isso. O trabalho sai; meio capenga, mas sai. Eu até tento, às vezes, dar uma unidade a ele, só às vezes, dependendo da matéria, do assunto. A desgraça é maior, todavia, quando o professor pede que a gente apresente o resultado, as conclusões. Bah, aí sim bate o terror. É treva. Nessas horas, confesso, queria muito ser o André Ricardo. Ele parece não ter medo de nada nem de ninguém. Tem mãe viva, eu sei. Deve ser por isso. Ela o busca de carro quase todos os dias.

É, você tem razão. Acabei falando um monte. Mas só coisa desimportante. Quando o tio falou aquilo de aproveitar bem a hora da terapia pra falar e falar e falar, o Artur estava junto, e ele defendeu o meu ponto de vista de que, se não tem muito o que dizer, melhor falar pouco, mas coisas interessantes, consistentes. Ele até interrompeu o tio e me perguntou como é que eu tava me sentindo fazendo terapia. Respondi que bem, que falofalofalofalo.

– Terapia é assim mesmo – ele disse. – A gente fala, fala. Um dia dá um clique e tudo passa a fazer sentido.

O Artur disse que já fez alguns anos de terapia, depois parou. Deve ter tido o tal clique.

SESSÃO 8

Sabe aquela sensação de não se saber quem a gente é de fato, de não se reconhecer no reflexo do espelho? Já sentiu isso? Como se você fosse a invenção de alguém, um personagem de livro ou de filme, cuja vida foi traçada, pensada por uma pessoa que está longe do alcance de suas mãos. Por vezes, me sinto assim: sou eu, mas não sei se esse eu que reconheço em mim é verdadeiro. Sou eu mesmo ou apenas um boneco, um títere (gosto dessa palavra, meu professor de literatura usa muito) nas mãos de algum escritor maluco que me inventou, mas não sabe muito bem o que fazer comigo. E se eu, agora, neste exato momento, só estou pensando e dizendo isso porque alguém resolveu que seria assim? É louco pensar dessa forma? Meio maluco, não? Mas, afinal, todos são um pouco malucos, acho. Todos têm lá suas loucuras. Porém, creio que pensar assim, dessa forma generalizada, é forma de me proteger. Sei lá, pois, embora pense assim, olho pras pessoas com quem convivo – meu tio, meus colegas, professores, o Artur, você mesma – ou pras pessoas que nem conheço, com quem nunca troquei qualquer palavra, mas com as quais cruzo na rua, no pátio da escola, no ônibus, e olho pra vocês, pra elas, e penso que elas e vocês não encucam com quem são, sabem quem são, não ficam julgando serem criação de alguma mente desconhecida. Você pensa isso, Marília? Ou pelo menos pensava quando adolescente?

(...)

Ontem sonhei que encontrei meu pai. Eu vinha caminhando pela rua, eu e o André Ricardo, nós éramos bons amigos no sonho, e ele tinha falado qualquer coisa sobre a Júlia B que me fez rir, rir muito. Aí um carro parou um pouco mais à frente da gente e dele saiu um homem de terno. Ele sorriu e disse: *Filho, que bom te encontrar*. Olhei pro André Ricardo e falei: *É o meu pai*. Corri ao encontro dele e entrei no carro. Então, o relógio despertou, era hora de me levantar, mas quis ficar na cama e dormir de novo e continuar o sonho e poder conviver um pouco mais com o meu pai. Ah, não sei, não tinha pensado nisso, mas agora que você perguntou, acho que era um homem alto, mais alto que eu, é certo, pois, quando o abracei, meu rosto encostou no peito dele (um peito largo, tipo peito de nadador), e ele pôs a mão no meu cabelo. Tinha as mãos grandes, fortes, mas não vi se tinha alguma aliança. Acho que ele é bem de vida. Estava de terno, um terno azul, tinha um carro grande, confortável, e eu e ele nos sentamos no banco de trás. Meu pai deve ter motorista. Advogado, juiz talvez; ou político, de repente. Era simpático, um riso daqueles bem abertos, os dentes muito brancos e alinhados, acho que meu pai, quando jovem, usou aparelho. Eu preciso usar também, o tio disse que já está passando da hora, mas acho tão feio usar aparelho que sempre adio a consulta quando ele marca, ou acabo esquecendo e não indo. Já sou meio bizarro, imagina como vou ficar de aparelho? Mais ainda. E o estranho é que o Ramon, um colega meu, usa aparelho. E nele eu acho bacana, parece que tem tudo a ver com ele. Ah, Marília, sei lá. Acho que poderia ser qualquer colega da escola que poderia estar comigo no sonho, creio que não há nenhum motivo especial pra ser o André Ricardo. Tá, ele é o mais popular, eu sei. É o sabe-tudo da turma. Mas nunca pensei em ser amigo dele. Eu? Eu disse isso? Que queria ser como ele, menos esquisito? Não lembro. Falo muito aqui. Falo coisas desimportantes.

Às vezes, não faz muito sentido pra mim vir aqui, virou rotina; meu tio acha bom, o Artur também. Um dia falei com eles sobre continuar a vir aqui; tenho lá minhas dúvidas se me ajuda mesmo ficar falando sobre mim. Minha mãe morreu há mais de sete anos. Sinto falta dela, sei que minha vida poderia ser (na verdade sei que seria) diferente se aquele caminhão. (...) Por vezes, penso no motorista daquele caminhão; se ele tem noção do que mudou na minha vida depois do descuido ou do erro dele. Não sei se foi punido. Acidentes recebem punição? Eu recebi um seguro, o tio aplicou; tenho um dinheiro rendendo em algum lugar pra quando atingir a maioridade. E tenho uma pensão que minha mãe deixou; é ela quem paga essa minha terapia e outros custos que tenho. Viver custa caro pra alguns. Pra outros, é só sobrevivência. Vivem feito gado: não pensam sobre a vida, não se importam com os atos do governo, nem sabem que as decisões dos engravatados em Brasília repercutem em seu cotidiano; não leem, não vão ao cinema (a não ser pra ver aquilo que todo mundo vê), não, não, não, não, são cheios de nãos, e nem sabem disso: sobrevivem. E eu fico me perguntando se não sou como eles: eu que venho aqui, falo de mim, mas não mudo nada na minha vida. Sigo sendo o esquisito Francisco, o cara que perdeu a mãe atropelada, que não sabe por onde anda seu pai, que vive com um tio bem bacana (mas que não tem coragem de correr atrás do seu sonho musical). Você me entende? Não é fácil viver à margem de tudo e de todos, não é. Eu leio, escuto música, escrevo alguma coisa de vez em quando, vou ao cinema e vejo aquilo que poucas pessoas veem. Sei disso, porém ando cansado de ser o esquisito, e muitas dessas coisas que faço só me fazem me achar mais esquisito. E não sei como abandonar a estranheza, a esquisitice; parece que estão no meu DNA (ou se tatuaram lá naquela sexta-feira em que minha mãe não voltou mais pra casa). Ando cansado de ser o estranho; só não sei como deixar de ser o que não gosto de ser. Não sei nem se meu pai sabe que existo. Minha mãe terá dito a ele, quando engravidou, que ele teria um filho? Se disse, como ele reagiu? Me quis, não me quis, quis, não quis. Sei lá, nem sei se isso faz (fará) diferença na minha vida. Não, nunca falei com meu tio sobre isso. Acho que ele não sabe. Pode saber, claro. Mas acredito que, se soubesse, teria me dito. Ele e minha mãe eram bem próximos, só os dois, não havia mais ninguém na família: eu, minha mãe, o tio. Minha avó, a mãe deles, morreu quando eu tinha uns cinco anos, nem lembro muito bem dela. Uma ou outra vez, surge algum flash. Só isso. Ah, e tinha também a amiga da minha mãe, a Maria de Lourdes, que aparecia de vez em quando e que é minha dinda. Acho que nunca falei dela aqui, né? Minha madrinha. Logo após a morte da minha mãe, ela me procurou, lembro que ela e o tio conversaram sobre quem ficaria comigo, mas depois as visitas foram rareando; ela se casou, acho, e saiu de Porto Alegre. Mandava presentes no meu aniversário, no Natal, depois mais nada. Será que morreu também? Um dia, talvez, ela volte. Aí vou poder perguntar sobre o meu pai. Se alguém sabe, é a Maria de Lourdes. Eu acho.

SESSÃO 9

Eu era como qualquer outra criança, acho que era. Gostava de livros (ainda gosto, na verdade), mas gostava mais quando minha mãe lia ou contava histórias pra mim. Disso me lembro. A de que eu mais gostava? Ah, não sei. Talvez *João e Maria*. Lembro que ficava me imaginando perdido na floresta (depois descobri que minha mãe tinha escolhido uma versão mais leve pra me contar; na original, os irmãos não se perdem, os pais é que os abandonam na floresta) e encontrando a casa feita de doces da bruxa, que, no início, se fazia de boa velhinha.

– Ela tá só se fazendo de boa velhinha, né, Manuela? – eu perguntava.

– Aham – confirmava minha mãe. Eu gostava daquela confirmação, me sentia meio autor da história também, me dava certa segurança, eu acho.

– Ela é uma bruxa, né? Vai prender os dois. Vai querer comer os dois.

– Vai – dizia minha mãe. – Ela é má.

– E os pais vão salvar o João e a Maria? – eu perguntava, mesmo sabendo que eles só apareciam depois que os filhos já tivessem empurrado a bruxa velha pra dentro do forno e saído vitoriosos daquilo tudo.

– Não, filho, o João e a Maria é que vão resolver tudo sozinhos.

– Sozinhos, Manuela?

– Aham, Chico. Sozinhos.

Meu tio diz que sou meio teatral quando conto histórias. E acho que sou mesmo. (...) Lembro que esse diálogo se repetia cada vez que eu pedia pra minha mãe contar de novo a história. Hoje penso que eu queria que minha mãe aparecesse se eu estivesse numa situação daquelas, e que ela trouxesse junto o meu pai; não queria empurrar bruxa alguma pra dentro do forno, não teria coragem, nem força, nem nada. Sozinho não. O João tinha a Maria. E eu? Eu ficaria sozinho pra lutar contra a bruxa, e tinha certeza de que quem acabaria assado no forno seria eu. Eusóeuemaisninguém.

Coisa mais maluca, né? Penso coisas malucas às vezes. Ah, coisas, nada de especial. Coisas meio sem sentido. De médico e de louco, todo mundo tem um pouco, não tem? Eu tenho um tantão. Seus outros pacientes têm também? Sei, entendo. Ah, Marília, sei lá, acho que é este meu jeito estranho de não saber fazer amigos, de querer ficar sozinho. No fundo, no fundo, acho que quem se relaciona com alguém, seja amizade ou namoro, ou outra coisa qualquer, corre sempre o risco de se decepcionar. O outro vai embora e, pronto, a gente fica sozinho de novo. Assim como foi com a minha mãe. Claro que ela não decidiu me deixar, não teve escolha, se tivesse, sei que estaria viva ainda. Com o tio, acho que não vai acontecer, quer dizer, ele por ele não me abandona, mas sabe-se lá que surpresa a vida aguarda na esquina. Um amor, um sucesso com a música, um caminhão desgovernado? Não, Marília, não tem nada de mórbido, só de realismo. Pode, não pode? Poder pode, não quer dizer que vá acontecer, mas que pode, pode. O raio pode cair, sim, duas vezes no mesmo lugar, eu acredito. Você não? (...) Não gosto desse seu silêncio. Você fica aí me olhando, me avaliando. Podia responder, né? Prefere que eu responda, sei, só que já falei o que penso: o raio pode cair de novo, e bem no mesmo lugar. Duas vezes. Ou mais. (...) Ou mais. A minha mãe não morreu? A Maria de Lourdes não sumiu? Viu, estou dizendo. Aí vem o medo de que meu tio se canse desta vida meio boba e ganhe o mundo, ou se apaixone e resolva ter uma família só dele, e um tanto de outras possibilidades, que eu sou bem difícil às vezes. Sou mesmo. Difícil e complicado. *Você complica demais a vida, Chico*, meu tio me diz de vez em quando. *Descomplica isso aí*. E me abraça, e eu rio, e a gente ri, e a gente fica jogado na cama dele (que é bem maior do que a minha), ele falando que, quando era adolescente, também ficava encucado com coisas que não mereciam encucação.

– Você tinha amigos na escola? – perguntei certa vez.

– Tinha – ele respondeu. – Mas eu não era o tipo mais popular, não.

– E tinha namorada?

– Algumas – ele riu. – Mas quando cresci achei namoro uma perda de tempo. Ele prende a gente. Aí, só paqueras e tal.

– Muitas coisas prendem a gente – falei algo mais ou menos assim, meio filosófico.

– É, muitas. E você gosta de alguém? De alguma menina?

Aí fiquei pensando na primeira pergunta do meu tio e sei lá por que me lembrei da Heloísa. Ela é namorada do André Ricardo. É toda certinha, bonita, simpática, boa aluna. Então, descobri que gosto dela de um jeito diferente, embora a gente nunca tenha trocado uma palavra. Minto. A gente já conversou uma vez, uma única vez. E foi bom. Mas aí pensei na segunda pergunta do tio, e me lembrei do Ramon.

(...)

E, sei lá, acho que tá no horário. Não tá, não? Falamos outro dia. Na próxima sessão. Pode ser?

SESSÃO 10

Ah, sei lá por que eu não tinha falado ainda no Ramon. Sei lá. Na verdade, faz pouco tempo que eu o conheci. Que conheci não, que eu já o conheço faz tempo, acho que desde que entrei na escola. Ele estuda na outra turma, mas faz aulas de educação física com a gente, que são duas turmas por aula, guris e gurias separados. Ele é um cara alegre, sempre rodeado de amigos e tal. Descolore os cabelos, passa um risco preto nos olhos, daí que o pessoal da escola o chama de Egípcio, e ele nem aí, acho que até gosta. E é estranho que, embora ele seja esquisito nos cabelos, nos olhos pintados, ninguém o julga esquisito, sabe? É que o Ramon parece não estar nem aí pros outros ou pra o que os outros falam. Gosto disso nele, embora a gente não se fale muito, só uma ou outra coisa da escola, e olhe lá. Ah, quando o tio falou aquilo de eu gostar de alguma garota, pensei, claro, na Heloísa, porque ela é uma pessoa pra ser gostada, e acho que já disse os motivos aqui numa outra sessão. Não disse? Disse. Ela é bonita, simpática e tal. Estuda bastante, tira boas notas, e creio que entrará direto na faculdade que quiser. Mas aí pensei no Ramon também, que é pessoa pra ser gostada assim como a Heloísa. E, sei lá, às vezes penso que é pra ser assim mesmo: a gente deve gostar de gente, amar gente, independente de gênero ou de qualquer outra limitação que a sociedade, ou a família, ou algum equivocado governo, queira impor. Minha família somos eu e o tio, e acho que, se dissesse que sou a fim da Heloísa ou que sou a fim do Ramon, ele não iria estranhar ou ficar preocupado. Claro que cada sentimento tem lá seu lado de alegria e também de sofrimento. A Heloísa, por exemplo. Gostar dela significa ficar longe dela, afinal a guria tem namorado e parece que eles se gostam bastante. E não vou ficar querendo me meter onde não sou chamado. Há pessoas que precisamos amar de longe. (...) Meu tio trabalha com música e, pra isso, é preciso ter mente aberta. O que importa mesmo é o afeto que se sente por alguém (mesmo que a distância), o desejo, o querer bem do outro e o outro nos provocar o bem, não é, não? Por vezes, paro pra pensar e me dou conta de que minha mãe me criou sozinha até o encontro com o caminhão; não me lembro de ela ter um namorado; meu pai ou qualquer outro que fosse. Com meu tio acontece algo parecido. Será que somos (e seremos sempre) uma família de solitários, feito elétron celibatário, cheio de energia, mas desparelhado do resto? Não sei, não sei mesmo, Marília. Pergunta sem resposta essa sua. Pelo menos por enquanto. Quem sabe você não me ajuda a responder. Não sei se quero ser sozinho ou ter um par. Se quero casar ou me unir a alguém. Ter filhos. Não sei, acho que não é tempo pra responder muitas dessas perguntas. Vou vivendo e sendo o que posso ser. Pelo menos por enquanto. Não sei nem o que cursar na faculdade (isso se eu fizer faculdade), imagina se consigo ficar pensando no futuro. Se é que terei futuro.

Às vezes, penso que vou morrer jovem, assim como a minha mãe. Trinta e sete. Ela tinha trinta e sete anos. (...) Você sabia que muitos artistas morreram aos vinte e sete anos? A Amy Winehouse. A Janis Joplin, o Jimi Hendrix. O Cazuza morreu com trinta e dois, quase a mesma idade da minha mãe. (...) Minha mãe fazia aniversário em junho; foi atropelada em outubro. Tinha trinta e sete anos e quatro meses e alguns dias e muitas horas. Eu sou de junho também, do último dia de junho. Canceriano, como ela. Não, não fugi, não, pelo menos conscientemente não. Pra vocês, psicólogos, tudo tem sentido por debaixo das palavras; tudo tem segundas ou terceiras intenções; eu já acho que palavra puxa palavra e pronto, vou falando pra ocupar o tempo em que venho aqui. Até gosto, não vou negar. Por vezes, acho pouco útil, sei lá, mas gosto.

Bem, então, falemos do Ramon. O que você quer saber? A gente podia fazer assim: você pergunta, eu respondo. (...) Não tenho muito o que dizer, já disse: colega de escola, não de turma; um cara diferente dos outros, mas nem por isso virou o esquisito da sala dele. Ah, se você olha de longe, até pode achar: cabelos descoloridos, meio mal cortados, descabelados, os olhos de egípcio, o jeito meio largado de caminhar. Um pouco malhado; ele e o Ernesto adoram ficar se mostrando no vestiário (acho que já falei disso, não?). Ele deve ser um pouco narcisista também. Mas, até onde sei, não faz tanto academia quanto o Ernesto. Parece que é nadador no clube, algo assim (e eu que nem isso aprendi: nadar e andar de bicicleta não é comigo).

Ah, e é do tipo de que todo mundo gosta, todos conversam com ele, riem com ele, jogam bola com ele. E joga basquete também. É bem alto. Faz cestas como ninguém. A nossa escola investe bastante no esporte, tem várias equipes, pra sorte do Ernesto. Esportista sempre tem suas regalias. Não, eu não nasci pros esportes. Jogo um pouquinho de vôlei, quando obrigado. Já disse: prefiro filmes e livros. O Ramon consegue algo que eu adoraria ser: esquisito e popular. Os dois ao mesmo tempo. Esquisito e com amigos. Ele tem uma coisa que não sei explicar muito bem, algo assim como se dissesse a todo momento que nem está aí para o que os outros pensam, sabe? Como se se bastasse, como se estivesse acima do bem e do mal. Dos meus colegas de escola, dentre todos eles, se há alguém de quem gostaria de estar perto, além da Heloísa, de ser amigo, de ser qualquer coisa mais próxima que só um oi ou uma troca de olhares pelos corredores, é o Ramon. O Ramon, a Heloísa e o André Ricardo, claro. É isso. Falei muito hoje.

SESSÃO 11

Não gosto muito de falar de mim com ninguém. Mas contigo falo de boa. Estranho, né? Pro tio, sempre dou a entender que está tudo bem comigo, tudo tranquilo, falo da escola como se fosse feliz lá, como se meus colegas fossem parceiros, tipo esses de séries de televisão, que se apoiam, se ajudam, trocam ideias a todo momento. Não é fingimento, juro. Nem falsidade e tal. Acho que, se fico falando de mim, de como me sinto, que me considero o esquisito da turma, que acho os professores meio desconectados da vida adolescente, dos problemas adolescentes, dos sentimentos dos adolescentes, do que a gente gosta, do que a gente pretende, não sei se o tio ia entender, e também não sei se não seria jogar mais uma preocupação no colo dele. Já basta a que minha mãe delegou a ele quando atravessou a rua naquela sexta-feira. Será que estava feliz e, por isso, se descuidou? Estava no celular? Estava triste, com algum problema? O problema seria eu?

(...) Penso essas coisas quase todos os dias. Quando perco o sono na madrugada (às vezes acontece; não, não muito, também não pouco), fico pensando isso tudo. Fico querendo encontrar respostas. E não acho. Ficamos só eu e a escuridão do quarto, os poucos barulhos da rua, um ou outro cachorro latindo lá longe. Resposta nenhuma, no entanto. (...) Minha mãe dizia que os livros dão essas respostas. Acho que eu devia ser uma criança cheia de perguntas. Acho. (...) Mas tem livros que a gente lê, lê e relê, e fica sem entender tudo o que ele tem a dizer. O primeiro livro que meu tio leu em voz alta comigo foi *Alice no País das Maravilhas*. Lembro que achei assustador. Ficava com pena daquela menina (depois descobri que ela tinha a mesma idade que eu, dez anos, quando meu tio leu) perdida naquele mundo maluco, cheio de gente (e não só de gente) estranha e esquisita. Eu ouvia cada capítulo, cada aventura, só na expectativa de saber como ela ia se safar daquilo tudo. Não havia nem pai nem mãe pra ajudá-la. Era ela e ela mesma, mais ninguém. O mais apavorante pra mim nunca foi a Rainha de Copas; sempre a achei mais ridícula do que assustadora. Tinha medo mesmo era do Gato de Cheshire; ele era malicioso, sumia totalmente ou apenas algumas de suas partes, era um todo um tanto fragmentado, e isso me confundia, muito, demais, assim como confundia a própria Alice. Ah, no final, foi um alívio. Quando ela voltou pra casa, pro conforto daquele dia de verão, eu me senti tranquilo. E, sabe, é muito louco, mas. (...) Você conhece o livro? Então, mesmo tendo descoberto que tudo não passava de um sonho, segui (e sigo) acreditando que a Alice esteve mesmo naquele mundo maluco. Uma vez falei isso pra Júlia B e ela tem a mesma impressão que eu. Estranho, não? No meu quarto, tenho um exemplar de cada livro que eu e meu tio lemos em voz alta juntos. Ah, são vários: as duas *Alice*, *O apanhador no campo de centeio*, *O meu pé de laranja lima*, *Capitães da Areia*, *A Ilha do Tesouro*, *Um na estrada*. Muitos, vários. A gente já leu muito juntos. Meu tio, meio que – sem saber (ou será que fui eu que em algum momento, que nem lembro mais, pedi pra ele ler comigo ou pra mim?), acabou repetindo o que eu mais gostava de fazer com a minha mãe: ouvir histórias. E ele cria letras de músicas, e eu escrevo algumas coisas desimportantes de forma aleatória em meus cadernos de escola. Ah, desimportantes porque são só coisas aéreas, sem chão, sem teto, vou escrevendo o que me vem à mente; às vezes uma pequena história, uma frase, uma breve lembrança. Um dia, quem sabe, trago pra ler pra você. Um dia, sei lá. Acho que já disse isso, não? Ontem, escrevi uma lembrança que não sei bem se vivi, se sonhei, se me contaram: eu no primeiro dia da escolinha, minha mãe me incentivando com palavras e um leve empurrãozinho. *Vai, filho, vai.* E eu não ia, não ia, não ia. Minha mão queria largar a da minha mãe, mas não conseguia. Parecia ter vontade própria, a minha mão. *Vai, filho, vai.* Mas eu não ia nãoianãoianãoia. E ficava com vergonha de mim mesmo por não entrar na sala de aula, na porta a professora sorrindo e dizendo: *Vem, Francisco. Teus coleguinhas estão loucos para te conhecer.* Eu dava um passo, olhava pra minha mãe, olhava pras crianças que chegavam e entravam na aula sem nem olhar pra trás, e me batia um desespero enorme grande gigante gigantesco. Sabia que a minha mãe precisava e queria que eu entrasse, mas eu não entrava, não entrava. *Vai, filho. A mãe tem que trabalhar.* Aí eu disse: *Eu vou.* Mas não soltei a mão da minha mãe. Aí, ela decidiu por nós. Soltou a minha mão, me deu tiau, sem beijo, sem olhos nos olhos, virou as costas e foi embora. Fiquei parado no corredor. Na porta, a professora dizia: *Vem,* mas já não sorria mais. Lembro (ou penso que lembro) que me senti feito o João ou a Maria na floresta. Foi meu primeiro dia de escolinha. O estranho é que não lembro onde e com quem eu ficava antes de entrar na escola. Quando minha mãe saía pra trabalhar, quem será que cuidava de mim? (...) Dá uma raiva não saber essas coisas. Ah, saber meio que na linha do pode ser, acho que era, não sei bem, alguma coisa assim, que é como o tio responde quando pergunto, não resolve nada. Nada. Nada vezes nada é igual a nada. Aí fica só a raiva. Raivagranderaivaeraivaemaisraiva.

SESSÃO 12

Falei de raiva? Ah, não lembro. Você tem certeza? Raiva do quê? Ah, sei, raiva de não saber direito quem sou, é isso. Deixa eu te fazer uma pergunta: todos os psicólogos têm boa memória? Fico imaginando a quantidade de pessoas que você atende. Muitos adolescentes? Alguns esquisitos como eu? E como consegue guardar tudo o que a gente fala? Acho que eu não conseguiria, sou muito desligado. Às vezes, saio daqui e lá embaixo, na parada de ônibus, já nem lembro bem o que falei. Vou falando, não anoto. Você anota? Bah, aí é perigoso. Imagina se a pessoa tem lá os seus segredos?

(...)

Agora me lembrei de uma música que o meu tio canta. Não tem nada a ver com o que a gente tava falando de memória e tal. A música fala que ele quer um amor sincero. Ouvi o tio cantando e fiquei pensando comigo mesmo se, pra ser amor, não tem mesmo que ser sincero. Se há sentimento, tem que ter sinceridade, eu acho. Não?

(...)

Não falei nada disso pro tio, pois de vez em quando acho as letras que ele escreve meio cheias de lugar-comum, só dizem o óbvio, o esperado. Bem diferente das letras do Cazuza ou dos poemas que a gente lê nas aulas de literatura. Ah, não sei bem. Acho que gosto da poesia do Drummond. Carlos Drummond de Andrade. Minha professora disse que ele morreu de tristeza. Se trancou em casa, desistiu de viver, morreu. E tudo porque a filha dele tinha falecido um tempo antes. Pais morrem de tristeza. Mas só se forem poetas, acho. Fico pensando se meu pai já escreveu algum poema. E, se eu fosse poeta quando minha mãe morreu, teria morrido de tristeza? Teria? Não sou poeta, Marília. O que escrevo não é poesia. Nem aqui, nem na China. Poesia são as letras das músicas do Zeca Baleiro, do Chico Buarque, do Cazuza. O Cazuza acho que é meu poeta preferido. As músicas dele sempre dizem mais do que as do meu tio.

(...)

Ah, certa vez até escrevi uma letra (outra, na verdade) pra uma música que meu tio e o Artur me mostraram. Mas fiz a letra depois, sozinho no meu quarto, e nunca mostrei a eles.

(...)

Não mostrei porque não quis.

(...)

Na verdade não mostrei, porque, na hora em que eles apresentaram a música pra mim, eu disse que ela era legal. Legal era mesmo, não menti. Mas era só isso, entende? Só legal. Então, pensei que tinha faltado sinceridade em mim, embora não tivesse mentido. Não menti, porém não disse a verdade completa. E se amo o tio (e eu amo), não dá pra falhar com ele. Dá? Não, acho que não me exijo muito, não. Tem que ser assim. Ah, Marília, tem que ser porque tem que ser, ora. O tio é um cara especial, ele cuida de mim, se preocupa comigo, mudou a vida só por minha causa, só pra tentar substituir a minha mãe e o pai que eu nunca tive, e que nem sei se sabe que eu existo.

Agora falando isso pra você, eu até acho que querer um amor sincero é possível. Também fiquei pensando se o tio teve alguma decepção amorosa que fez com que ele decidisse ser sozinho, ou se só foi pra cuidar de mim mesmo. Claro que faz diferença, né? Muita. Ele teve várias namoradas. Quando minha mãe morreu, ele namorava a Ana. Ela era legal, jogava vareta e memória, brincava bastante comigo e desenhava muito bem.

Até que.

Até que o tio me disse que ela não nos visitaria mais.

– Por quê? – perguntei.

– Porque nosso namoro acabou. A gente descobriu que queria coisas diferentes da vida – ele explicou algo mais ou menos assim. Eu não entendi muito bem, até hoje não entendo muito isso de as pessoas, pra ficarem juntas, terem que querer as mesmas coisas na vida. Lembro que eu tinha uma única preocupação: quem é que iria jogar memória e desenhar comigo?

SESSÃO 13

Aconteceu uma coisa estranha. O Ramon, sabe? Já falei sobre ele. Isso, o cara esquisito-legal. Eu estava no portão do colégio, esperando o tio e o Artur, que iam me pegar pra gente ir a um restaurante, meio bar, onde eles iam fazer o primeiro show com suas músicas autorais, e aí o Ramon chegou. Veio vindo mexendo no celular, daquele jeito meio largado. Aí, quando estava bem perto, parece que se deu conta de que tinha alguém ali, ergueu os olhos riscados e me deu *oi*. Respondi *oi* e fiquei meio sem jeito, sabe?, quando a gente não sabe muito bem o que fazer, pois há perto da gente uma pessoa que a gente admira, mas que não sabe direito o que falar, o que dizer e tal. Você já se sentiu assim? Nossa, foi muito estranho, estranho mesmo, afinal era só um colega que estava ali. Fiquei quieto, achei que ia ficar só nisso: o meu oi; o oi dele. Mas não ficou. (...) Gostei, claro que gostei. (...) Ele disse que tinha chamado um carro pelo aplicativo, tinha se demorado no vestiário e perdido carona de uma colega sua.

– Ah, sei – respondi, tão desacostumado que sou com alguém contando coisas suas pra mim. Então, o Ramon falou algo que ficou ecoando, ecoando, ecoando bem dentro de mim, feito como se uma bomba tivesse explodido pertinho, sabe? Pois ficou ecoando e não desapareceu nem quando eu fiquei lá na mesa do restaurante, meio perdido entre os amigos do tio e do Artur, sem prestar atenção nas letras das músicas ou nos aplausos. Ah, o que o Ramon me disse? Disse assim:

– Eu gosto do teu estilo, sabia?

Eu não sabia, Marília, é óbvio que não sabia; e era mais óbvio ainda que ele sabia que eu não sabia. Sorri, meio sem graça, e ele disse que nunca tinha me visto sorrir antes. Nem quando, nas aulas de educação física, *algum abobado diz uma piada ou fala uma bobagem*. O algum abobado era algum de nossos colegas. O Ernesto, talvez. Aí, ele continuou:

– Achava até que te faltava dente.

Eu sorri de novo.

– Dente eu tenho – falei. E a gente ficou se olhando por um tempo. E gostei, Marília. Acho que ele gostou também, porque a gente ficou se olhando durante um tempo. Os olhos escuros dele, com aquele risco de lápis preto, em mim, e eu, que até sou um tanto tímido, fiquei olhando, olhando, olhando pros olhos do Ramon.

– Você quer ser meu amigo? – foi ele quem quebrou o silêncio. E depois foi explicando, falava seguro, daquele jeito que ele tem de saber o que está fazendo: – Quero ser teu amigo, Francisco. Mas não precisa responder agora – ele falou assim, meio em tom de brincadeira –, pode responder amanhã. Tem vinte e quatro horas pra pensar – e sorriu, e os olhos se apertaram.

– Tá bom – disse. – Vou pensar.

Aí o tio e o Artur chegaram; dei tiau pro Ramon e, quando estava entrando no carro, ouvi a voz dele:

– Até amanhã.

– Até amanhã – respondi.

E foi isso. Foi assim. Esse é o Ramon. Um cara que surpreende, um cara leve, que parece não ter medo de nada, nem de ninguém. E é óbvio que quero ser amigo dele, óbvio. Só não sei se consigo, sabe? Por quê? Não sei, ele é muito popular, e eu sou só eu: o esquisito, sobrevivente de uma morte.

E, mesmo sendo óbvio que queria a amizade dele, no outro dia, o dia da resposta, meio que fiquei evitando cruzar com o Ramon na escola. Sei lá por quê. Medo? Não. Medo não. Receio, sei lá. Coisa idiota. E se ele só estivesse querendo gozar da minha cara? Acha que não pensei isso? Pensei. Queria ter um amigo de verdade (não só aquele pessoal pra fazer trabalho em grupo), aí um dos caras mais populares da escola diz que quer ser meu amigo, e eu fico assim, meio abobalhado. Tudo muito estranho. Estranho por ser diferente e inusitado, acho. Não estou (ou estava) acostumado com algo assim. E era o Ramon, sabe? Ele pode ser amigo de quem quiser, nem precisa pedir, todos estão sempre em volta dele. Foi o que pensei a noite toda, e no dia seguinte também, na aula. Nem pro intervalo saí da sala, que era pra não topar com ele. Só que, na saída, ele estava lá no portão, parado.

– Perdi a carona de novo – falou.

– Eu vou de ônibus – disse. E, meio sem pensar, falei assim: – Quer carona?

Ele riu.

– Amigos? – perguntou.

– Amigos – respondi.

Ele estendeu a mão, apertou a minha.

– Carona aceita, então.

Você acredita nisso, Marília? Acredita? Pois sou amigo do cara mais popular da escola, do Egípcio, sabe o que isso significa? Ah, sei lá, não sei o que estou esperando, sei lá. Nem sei se vou conseguir ser amigo dele. Não sou de andar em grupinhos e tal, e ele está sempre rodeado de gente, sempre.

(...)

Ah, acho que será bom se eu conseguir.

(...)

Porque sou esquisito, porque não sei ser amigo de ninguém, nunca fui. Só do Claudinho, mas eu era bem pequeno. Gosto de ser sozinho, Marília. Por que você duvida? Se estou dizendo que gosto é porque gosto. Quem mais sabe de mim do que eu mesmo?

SESSÃO 14

Não chamava minha mãe de mãe, sempre a chamava pelo nome. Lembro que todo mundo achava estranho, diferente. Não sei por que era assim. Só sei que era. O esquisito é que, quando falava dela (e falo) com alguém, eu dizia (e digo) minha mãe isso, minha mãe aquilo. Às vezes, penso que era normal chamar minha mãe de Manuela, porque era assim que todas as outras pessoas a chamavam: o tio, a Maria de Lourdes, todo mundo. Outras vezes me pego pensando que nunca chamei minha mãe de mãe e fico me perguntando se ela gostava disso, se ela não preferiria ser chamada de mãe, logo ela que tanto quis ter um filho, independente de este filho ter ou não ter pai. Já nem sei se era indiferente ou se, de fato, ela queria ser mãe sem dividir com ninguém a tarefa. Ora, a tarefa de ser mãe. É uma tarefa, não? Sei lá, não sou mãe, nunca serei. E pai? Não sei. Sei lá. Cedo pra pensar sobre essas coisas. Muito cedo. Na verdade, acho que serei como o meu tio. Só eu e eu. É, você tem razão, o tio me tem. Mas não fui escolha, caí no colo dele depois da morte da mãe. Ela, que entrou no elevador naquela sexta-feira, sorriu pra mim e se foi. Mudou tudo naquele dia. Mudou pra mim, mudou pro tio. Tudo.

(...)

Chorei. Chorei muito. Foi a primeira (e ainda única) experiência com morte. Tá, quando minha avó morreu, a mãe da minha mãe, eu já era vivo. Devia ter uns cinco anos, mas não tenho memória nenhuma do que senti. Se chorei, se entendi, se senti falta da minha vó. Não lembro.

(...)

Depois que minha mãe não voltou mais pra casa, acho que a certeza de que há um fim e que ele pode vir sem qualquer aviso encontrou lugar em mim. Afinal, pra que fazer planos, criar expectativas, se um dia um caminhão pode cruzar nosso caminho? Melhor ser cachorro, gato, passarinho, lesma. Ah, sei lá por que lesma. Talvez porque acho as lesmas uns bichos muito pouco bichos. Uma coisa meio gelatinosa, que se arrasta e deixa aquela estranha baba como pegada no caminho trilhado. As lesmas são burras, não apagam sua passagem, quem quiser as encontrar, encontra. Só seguir o rastro brilhoso e nojento.

(...)

Falei com o Ramon sobre ser bicho e não ser gente. *Melhor ser lesma*, eu disse, e ele riu. Disse que preferia ser gente. Ah, se eu fosse o Ramon, creio que preferiria ser gente também. Se fosse ele, ou o André Ricardo, ou a Heloísa. Isso eu não disse a ele, guardei pra mim; há coisas que ainda não me sinto muito aberto pra compartilhar com o Ramon, apesar de ele ser o Ramon, o cara que pediu pra ser meu amigo (coisa que eu jamais pensei ser possível). *Eu gosto do jeito que você se veste*, ele me disse um dia desses. Não falei nada. Era o meu jeito e tal. E aquilo de ter alguém que gostasse de algo em mim, sem qualquer obrigação de gostar, era coisa nova pra mim, bem nova, e eu ainda estou aprendendo a gostar disso, tão acostumado que estou a ser esquisito, aquele que, apesar da indiferença, segue sobrevivendo. Aí pergunto pro tio se ele tinha amigos no colégio. Ele tinha amigos e amigas, era goleiro, o menos vazado, e sempre tocava um violão no intervalo ou no final de semana, na casa de algum colega. Eu fiquei ouvindo e pensando que o que o tio me dizia era meio óbvio, um óbvio que eu não estava querendo muito ouvir. Sei lá.

(...)

O Ramon? Ah, a gente está se conhecendo e tal. Ele tem um jeito diferente de ser, parece que não se censura de nada, diz o que pensa. É quem deseja ser. Acho que ele é livre, sabe? E isso é de se admirar em uma pessoa, sobretudo se é um adolescente, não? Se bem que olho pros lados e só vejo um bando de adolescentes iguais: mesmos cortes de cabelos, mesma marca estampada em calças e camisetas, mesmo tipo de tênis. Mesmomesmomesmo, tudo o mesmo. É, você tem razão, o Ramon não é cheio dessa mesmice, por isso que a gente pode ser amigo, acho. Os dois esquisitos: o sobrevivente e o popular.

SESSÃO 15

É uma sensação esquisita essa de me sentir estrangeiro. Um estrangeiro que olha ao redor, identifica semelhanças externas com aqueles que o cercam, com os quais convive, mas que tem a impressão, a sensação, de que não fala a mesma língua; que tudo o que disser, o que sentir, o que pensar, será sempre e sempre e sempre diferente daquilo que os outros falam, sentem, pensam. A estranha certeza de jamais ser compreendido. É assim como me sinto na maioria das vezes, é assim. Apesar do meu tio, do Artur, do Ramon, apesar deles, me sinto meio alienígena; só me faltam as antenas, a pele verde, pele de sapo; um sapo sem princesa que o beije. Aí dá uma raiva. Uma raiva.

Sabe, muitas vezes (a maioria das vezes, na verdade) em que olho pros meus colegas os vejo tão tranquilos, tão senhores da sua adolescência, tão certos de seus futuros, que fico pensando se há alguém no mundo que seja como eu, que perca tempo atirado na cama, ouvindo música alta (com fones de ouvido) e matutando sobre essas coisas desimportantes pra quem é normal. Ah, Marília, sei lá. Normal acho que é saber o que se quer da vida e, se ainda não descobriu, pelo menos não ficar trancado; poder viver, só viver, só preocupado com o óbvio: assistir às aulas, trocar ideias no intervalo, ver uma ou outra série. Ser e pronto. Isso é ser normal: ficar, namorar, ir ao cinema com os amigos, beijar na boca, participar de grupos e mais grupos no Whats, ter muitas curtidas no Instagram. Isso é ser normal. Entende? Por vezes me dá uma raiva de vocês adultos, é impressionante, parece que só sabem perguntar e perguntar aquilo que parece terem esquecido que viveram. Ou não viveram? Bom, se foram normais, é certo que não ficaram com raiva de tudo e de todos em algum momento da vida. Pois eu fico. Fico e tenho vontade de mandar todo mundo pro inferno, que se danem, que sumam, como minha mãe sumiu. Não adianta me olhar desse jeito, não adianta. É assim que me sinto. É assim que vejo as coisas, e se sei é porque sei, porque observo meus colegas. Observo nas aulas, no laboratório de física, nos trabalhos em grupo, no intervalo. Observo sempre. E é óbvio que eles não são como eu. Óbvio. Ah, o Ramon talvez seja diferente, não sei ainda, sou inexperiente nessas coisas de amizade. Acho que só fui amigo do Claudinho, e isso foi antes de a minha mãe morrer debaixo das rodas de um caminhão desgovernado, sem tempo pra dizer quem é o meu pai, se ele sabe de mim ou não. Não sei, Marília, não sei. Não sei por que o Ramon quis ser meu amigo. Pena do esquisito, solitário? Sei lá. Por que alguém tão bacana e popular como ele quis ser meu amigo? Bah, difícil responder. (...) Eu não posso, seria ridículo, infantil, chegar e perguntar a ele: *Ramon, por que você quis ser meu amigo, afinal? Por pena? Pra fazer uma pegadinha? Por que era tarefa de alguma gincana? Cem pontos pra quem conquistar a amizade do cara mais esquisito da escola.* Ah, Marília, impossível. Aliás, você está muito perguntadora hoje. Melhor terminar por aqui. Não quero falar do Ramon, não quero falar de nada mais. Tiau e até a semana que vem. Fui.

SESSÃO 16

Ontem eu e o Ramon conversamos um pouco. Um muito na verdade. Ele mora com a mãe dele; os pais são separados. Ramon me disse que a mãe não aceitou nenhuma ajuda além da pensão que a lei impõe. Eles moram num apartamento bacana, mas que nem se compara à casa do pai do Ramon. Ela é muito grande, Marília. Aquelas casas que eu achava que só tinha em filme, em novela. Tem uma piscina enorme, com cascata; tem salão de festas e um minicampo de futebol. O pai dele adora futebol; o Ramon curte basquete. Ah, tem também uma quadra de basquete. Conheci o pai dele quando fui à casa grande, como o Ramon chama. Ele convidou alguns amigos pra uma tarde na piscina. Eu não tava muito a fim de ir, mas ele insistiu, disse que não ia muita gente, *Um grupo pequeno, só os parceiros mais parceiros*. Bom, aí eu fui. Mas não entrei na piscina, pra isso teria que tirar a camiseta e, como já falei, sou magrelo demais, tenho vergonha de ser magrelo demais, só pele e osso, e branco, muito branco, parece que estou sempre desmaiado, um fantasma esquelético é o que vejo no espelho, um esqueleto fantasmagórico. Ah, Marília, não gosto, ora. Imagina ficar a tarde toda malhando e malhando e malhando? Isso não é pra mim. Ah, é pra caras como o Ramon, o Ernesto, esses aí que curtem um corpo forte, desenhado. Eu? Não curto. Ah, mas uma coisa é ter o corpo malhado, outra é ser esquelético. Eu precisava ser esquelético? E transparente? Ah, não precisava mesmo. Bom, o certo é que fiquei na sombra, protegido debaixo de um guarda-sol enorme, enquanto o pessoal se divertia dando ponta na piscina. Sou meio esquisito, já disse. Fazer o quê? Melhor não dar motivos pra novos deboches ou risos, basta os que já dou só por existir. Ainda mais agora que estou fazendo parte do grupo dos escolhidos do Ramon e tal. Melhor ficar quieto no meu canto, só olhando tudo a certa distância. Melhor.

(...)

O Ramon por vezes insistia pra eu entrar na piscina; os outros também. Dos convidados (eu e mais quatro), só não conhecia uma garota, amiga do Ramon de um curso de línguas. Ela é imigrante, veio pro Brasil na última entrada de senegaleses.

Linda, muito linda, mas com certa dificuldade pra falar português: uns erres arranhados, uma falta de vocabulário enorme, que ela tentava superar usando palavras em inglês. E o pessoal a entende, isso que é mais legal, né? Fiquei com inveja da coragem dela de estar ali com a gente. Os outros eram o André Ricardo, corpo todo desenhado por anos de natação, e ele na piscina parecia se entender muito bem com a água; a Vick, uma garota com quem o Ramon fica de vez em quando. Pelo menos foi o que ele me disse, daquele jeito meio largado de dizer as coisas como se elas fossem desimportantes. Disse assim: *Não, Chico, a gente não namora, não, só fica às vezes, quando a gente não tem muitas outras coisas pra fazer, a gente se curte quando dá vontade. Nada de namoro.* E ainda tinha um outro colega do Ramon que não lembro bem o nome, Fábio ou Flávio, algo assim, ou seria Fabiano? Ah, algo por aí, o pessoal o chamava por um apelido no diminutivo que também não lembro bem. Ele ficava rindo e dizendo bobagem, empurrando os outros pra dentro da piscina, dando saltos ornamentais grotescos, como ele mesmo chamou os próprios pulos na água. Eu ria, às vezes, da imbecilidade do tal cara, mas confesso que não tenho muita paciência pra gente muito espaçosa. E ele é do tipo espaçoso, ri por tudo, conta piadas, parece não levar nada a sério, muito diferente de mim, que faço o possível pra não ser notado. Aí, no final da tarde, ficamos no gramado; a Vick apareceu com uma garrafa e disse que era hora do jogo da verdade. Sabe aquele jogo em que a gente senta em círculo e põe uma garrafa no meio? Alguém gira a garrafa, e pra quem ela apontar é feita uma pergunta, e a pessoa tem que responder. Uma idiotice tamanha. Sempre tem alguém pronto a fazer aquelas perguntas que ninguém faria normalmente. Odeio. E é claro que quem inventa de fazer a brincadeira sempre está querendo saber algo de alguém. E como foi a Vick, fiquei achando que ela tava a fim de perguntar alguma coisa pro Ramon, sei lá. Pensei em inventar uma desculpa qualquer e cair fora. Mas não tive coragem de ir embora assim do nada. Não tive. É, acho que você tem razão: eu tava curtindo estar ali no meio daquele pessoal, como se eu fosse uma pessoa normal. Só que fiquei desejando que desabasse um temporal, que caísse um avião bem dentro da piscina, ou que o pai do Ramon aparecesse e nos chamasse sei lá pra quê, ou que eu vestisse um manto de invisibilidade, ou qualquer outra coisa que acabasse com aquele jogo antes que a garrafa apontasse pra mim. E ela ia apontar, eu sabia que ia. E o tal Fábio ou Flávio rodou a garrafa, e ela apontou pro Ramon, aí ele mesmo fez a pergunta: *Cara, você beijaria alguém aqui da roda?* E o Ramon respondeu que até já tinha beijado. E que beijaria qualquer um de nós. *Menos tu*, ele disse pro tal Fábio, Flávio, Fabiano. E riu. E me olhou. E eu baixei os olhos e nem vi que a Vick rodou a garrafa e que ela, agora, apontava pra mim. E então o Ramon perguntou se eu estava a fim de alguém. Respondi que não, mas a voz engasgou um pouco. Ele riu e disse que não valia mentir.

– Eu não tô mentindo – respondi.

Não, Marília, não tava mentindo, não. Não gosto de ninguém. Ah, a Heloísa é só um desejo daqueles de não acontecer. Não é gostar de amar. E ela namora o André Ricardo, esqueceu? Bom, aí a garrafa girou de novo, e de novo, e mais uma vez. Cada rodada era novo medo em mim, só em mim, pelo visto, o pessoal ria, gritava, perguntava coisas das mais variadas, desde quem a gente achava o professor mais chato até o que havia feito de mais ousado com algum colega da escola. Enfim, essas e outras coisas. Até que a garrafa, numa das tantas voltas, apontou pro Ramon mais uma vez, e o cara espaçoso perguntou se era verdade que o Ramon já tinha ficado com caras. Aí ele respondeu que ficava com pessoas.

– Se a pessoa me atrai – ele falou –, e eu a atraio também, qual o problema de ficar?

– Problema nenhum – falou a Vick. – Nenhum. – E pegou a garrafa e disse: – *Game over*. Hora de comer pipoca – e saiu em direção à casa.

O pessoal se levantou e a seguiu. Fui atrás também, achando que a Vick queria mais do que apenas ficar com o Ramon e pensando naquilo que ele havia dito: gostar de pessoas, eu sempre pensei por aí, mas nunca falei com ninguém sobre isso. Ah, Marília, fiquei pensando, pensando, só pensando que a vida pode ser mais do que esse quadradinho em que tentam colocar a gente. Olha o meu tio, por exemplo, fica adiando o seu sonho em nome de uma segurança que é pura ilusão. Sempre há um caminhão à espreita. Sempre.

SESSÃO 17

E a piscina na casa do Ramon fez com que a gente ficasse mais próximos ainda; ele foi lá em casa uma tarde dessas e a gente ouviu uns discos do tio. O Ramon curte discos de vinil, diz que o som é mais genuíno, que aquele ruído arranhado é poesia pros ouvidos. Escutamos Cazuza (o tio me comprou todos os LPs do Cazuza), fizemos uma maratona: ouvimos na ordem em que foram lançados cada um dos discos e acompanhamos as letras e tal. Cazuza é tudo de bom.

(...)

A gente (eu e o Ramon) até cantou. Fomos exagerados como o Cazuza era. Ah, a piscina também serviu pra eu ficar mais amigo do André Ricardo; ele puxou papo, falamos um pouco sobre *Stranger Things* (nunca pensei que ele curtisse esse tipo de série), e ele falou que eu era um cara legal, e eu disse que ele também parecia ser. Aí André Ricardo falou que, às vezes, a gente vai se acomodando às mesmas ideias, aos mesmos amigos, à mesma turma, e a vida vira sempre o mesmo do mesmo, que era legal conhecer pessoas novas. *Nem tão novas, né? Que a gente é colega de aula faz um tempão,* ele disse. E eu respondi que era bem isso. Então fiquei achando que o André Ricardo é nerd, mas é legal, que ele tem razão sobre essa coisa do mesmo e tal. Sou meio assim, acho. Assumi o ar esquisito e, se não fosse o Ramon ter puxado papo, ter dito pra gente ser amigo, eu não teria ido à casa do pai dele e não teria conhecido a Vick, nem a garota senegalesa (que é muito linda) e muito menos conversado com o André Ricardo e descoberto coisas que não sabia sobre ele. A vida é meio estranha. Parece uma gangorra: ora a gente está se sentindo por baixo, ora estamos lá no alto. Agora estou me sentindo por cima, com pouca vontade de descer. Ah, Marília, sei lá, a morte da minha mãe me deixou meio vacinado contra o riso, contra o afeto. Quanto menos pessoas a gente gostar, quanto menos pessoas forem importantes, menos motivos vamos ter pra sofrer, não? É fácil dizer isso, que o sofrimento faz parte da vida e tal, é fácil quando não é a gente que sofre. Dá vontade de pedir piedade, como cantou o Cazuza, *pra essa gente careta e covarde*. Eu, covarde? Não. Realista. Racional. Só isso. Sei, sei, um pouco de emoção faz bem, tô sabendo isso um pouco mais agora que sou amigo do Ramon. Acho que eu e ele podemos ser como o tio e o Artur, parceria das boas, parceria de se gostar e de criar juntos. Pensei nisso lá em casa, ele no violão, tocando *Codinome beija-flor*, do Cazuza, e disse que ia cantar pra mim. E cantou. Só eu e ele ali. Sintonia bacana, olho no olho, ele cantando e eu ouvindo aquela música que, naquele momento, virou um presente pra mim. Era como se, sei lá, aquilo tudo fosse só meu, sabe? Diferente de quando minha mãe cantava pra eu dormir ou quando o tio me apresentava às músicas dele. Foi diferente. Foi tri. Gostei. Gostei da música. Gostei de que o Ramon a tivesse cantado pra mim.

(...)

Gostei mais ainda do Ramon.

SESSÃO 18

Ainda não sei direito se vai ser, se vai seguir sendo como está sendo. Está tudo um pouco mais leve, e ir pro colégio já não é mais tão pesado; acho que é por causa do Ramon, das conversas com o Ramon, do jeito leve que o Ramon tem de ser. Parece que ele não está muito preocupado com o que pensam ou deixam de pensar dele; ele é o Ramon e pronto, é quem gosta de ser, diz o que pensa e é isso. Superdiferente de mim, que não falo, não troco ideias, não falo sobre mim nem pro meu tio. Nãonãonãonadanuncanão. Ah, sei lá. Têm coisas que eu te falo, que deixo rolar; têm outras que acho que – por enquanto – são só minhas e tal. Até porque não as entendo bem ainda, aí as escrevo em algum canto e fico deixando que elas amadureçam, que fiquem lá até o momento de passar a limpo, como fala o "profe" Caio, de redação. Deixo lá até o momento em que, por acaso ou não, me encontro com algum desses meus escritos soltos pelas folhas dos meus cadernos ou nas margens de algum livro que li. É como se fossem pedaços meus, sabe? Gosto dessas surpresas, sou eu falando comigo mesmo e com meu atestado de sobrevivente. O Ramon, não. Ele tem luz, sabe? Apesar da separação complicada dos pais. Eles brigaram na Justiça pra ter a guarda do Ramon. Rolaram agressões verbais, acusações, essas coisas de casal que termina casamento com raiva; você deve conhecer um montão de casos. Houve até algumas mentiras, o Ramon me contou. O pai dele é cheio de grana, trabalha com coisas de política de um partido grande; a mãe é assistente social, rala bastante, e não quis nada do pai do Ramon, nem partilha de bens, nem nada, disse que não queria coisas roubadas do povo e que o partido dele era corrupto, e ele também. E aí o pai do Ramon processou a mãe dele e pediu a guarda. Acho que só pra se vingar da esposa, quer dizer, ex-esposa. Essas coisas o Ramon não me contou em detalhes, não. Quem me falou foi a Vick num dia em que comentei que o Ramon era um cara que tinha luz e tal.

– E tinha tudo pra ser um guri apagado. Por isso que eu o amo – a Vick falou e foi me contando sobre a separação dos pais do Ramon, sem que eu pedisse, e eu com medo de que ele aparecesse ali na piscina e achasse que eu é quem tinha querido fuçar na vida dele.

– Detalhes sórdidos, né? – a Vick julgou.

E eu ali, parado, meio querendo e não querendo saber, entende? Bom, o Ramon não apareceu, ainda bem. Depois, até que gostei de saber aquelas coisas, era um jeito de estar mais próximo dele, só que, ao mesmo tempo, fiquei meio chateado. É, chateado, afinal ele não tinha me contado os tais detalhes sórdidos da separação dos pais dele, jamais tinha me falado sobre isso, nem como se sentiu (ou sente). Claro que a Vick foi indiscreta, fofoqueira; se fosse comigo, não gostaria de saber que era motivo de bate-papo dos outros. Sou do tipo desconfiado: se vejo alguém falando baixo, já fico pensando que está falando de mim. Não sei como o Ramon iria reagir, não sei. Mas é certo que não iria gostar. E não quero que a amizade da gente possa sofrer alguma desconfiança, sabe? Ainda mais agora que consigo trocar ideias com outros colegas. O Ramon fez isso por mim também. Como assim? E o que mais? Ah, eu falei também? Falei? Se você diz que falei, então falei.

(...) Pensando aqui. (...) Ah, o Ramon fez eu acreditar de novo em amizade. Acho que só tinha tido um amigo antes, e foi lá na infância, foi antes do caminhão: o Claudinho. Já falei nele, né? Eu era criança, minha mãe tinha morrido atropelada, eu me mudei de bairro, de colégio, fui morar com o tio, não vi mais o Claudinho. E, pelo que me lembro (às vezes vêm umas memórias à minha cabeça), a gente era bem parceiro, amigos mesmo. Mas eu era criança. Faz tanto tempo. De repente nem era assim. Com o Ramon é diferente, quer dizer, acho que é, nós somos adolescentes, temos outras preocupações maiores que apenas brincar, andar de bike ou de skate (nossa, agora lembrei que eu andava de skate e tinha uma bike. Onde será que eles foram parar? Será que eu saberia ficar em pé num skate hoje?). Com o Ramon, falo sobre a gente, sobre nossas encucações: eu, órfão de pai vivo (talvez) e de mãe morta; ele, na corda bamba dos pais que são quase inimigos. Foi isso que ele me disse: *Cara, é ruim demais quando você se dá conta que seus pais são quase inimigos e que você tá mergulhado na área de confronto. E, pior, você gosta dos dois e não sabe o que fazer.*

– É guerra – eu disse.

– Melhor não ter pais, assim como você.

– Não diz isso, Ramon. Não pode ser melhor, não.

Aí falei da falta que sinto da minha mãe e da saudade de não ter vivido com meu pai; saudade de algo que jamais existiu.

– E não tem pista? – o Ramon me perguntou.

– Nenhuma – respondi. Ou melhor, tem a minha dinda, a Maria de Lourdes. Ela talvez saiba algo sobre meu pai. Mas isso eu não falei pro Ramon, isso só pensei.

Então foi que o Ramon me contou da separação; não falou aquelas coisas todas que a Vick tinha me contado, mas disse que, quando o juiz perguntou se ele tinha preferência com quem ficar, não titubeou, foi logo dizendo que queria morar com a mãe. *Eu gosto do meu pai, sabe? Ele é meu pai. Mas eu não perdoo ele ter processado a mãe. E burro não sou. Sei que ele me queria por vingança. E eu não tava a fim de ser objeto de disputa. Eu que decido, entendeu? Comigo é assim. Se quero, quero; se não quero, mando tudo longe.*

– Barra – falei. Admirei mais ainda o Ramon. Ele tava emocionado e tal; sorriu sem graça. Disse pra gente pular na piscina.

– Piscina em dia de calor cura tudo.

Aí a gente tirou as camisetas e se atirou na água. Era só a gente ali, só os dois. Do Ramon, eu não escondo a minha brancura, nem a minha magreza. Dele, não escondo.

SESSÃO 19

Está tudo bem. Tudo tranquilo, eu acho. As coisas estão mais leves no colégio; já converso com o André Ricardo nas aulas e, por tabela, com a Heloísa também. Mas ainda não sou importante o suficiente pra fazer parte do grupo de trabalho deles. Não estou na lista dos mais inteligentes ou dos mais populares. Sigo sendo o esquisito, e este tipo de pessoa até faz uma ou outra concessão, dá um oi, troca ideias à beira da piscina do Ramon, se for o caso e se formos poucos, mas daí a pôr o nome num trabalho de química, de matemática ou da disciplina que for ao lado do nome do esquisito aí já é pedir demais. E olha que faço os trabalhos bem-feitos e tal.

Porém.

Meu grupo de trabalho continua sendo o Ernesto e a Júlia B. (...) Ah, sei lá, Marília. Na verdade, não tenho nada a ver com eles a não ser ficar à margem de tudo e de todos. Sim, sim, tem o Ramon. Tem o Ramon. (...) Olha, nem ter meu trabalho elogiado pelo professor de física (*Vocês fizeram um belo trabalho, o melhor trabalho*) fez de nós pessoas populares. Ouvi o André Ricardo dizer que foi um acaso, uma exceção. Gente como eu é exceção. Gente sem mãe, sem pai; gente que sobrevive apesar dos olhares enviesados e do silêncio na sala de aula. É, silêncio. Ninguém fala muito com a gente ou se interessa pela gente. Teve uma vez que a Júlia B estava toda chorosa, meio de cara fechada e triste; ninguém foi até ela perguntar o que estava acontecendo e se precisava de ajuda e tal. Eu até quis. Mas faltou coragem. Ah, não sei, agora tu me perguntando isso, fico até achando que pode ser, pode ser que tenha faltado coragem pros meus colegas também. (...) Mas faltou pra todo mundo? Não sei. Acho que não deram atenção mesmo. A Júlia B não faz parte do grupo popular. Nem eu. Aí o que a gente sente ou deixa de sentir pouco interessa, pouco importa. Acho que é isso mesmo. (...) Sabe, um dia desses até pensei em pedir transferência de turma, em ir pra turma do Ramon. Na verdade, foi ele que sugeriu. *A gente poderia ser mais parceiro ainda*. Não sei se falou isso por perceber que não tenho muito (na verdade, não tenho nada) a ver com aqueles colegas todos. Mas e ia ter com o pessoal da turma do Ramon? Duvido. Seria trocar seis por meia dúzia, como fala o Artur. A mudança não vem de fora, o tio me disse uma vez. Ele tava falando dele, das coisas dele que dificultam que tenha um namoro mais duradouro e tal. Ele falava de si mesmo, porém achei que aquilo tinha tudo a ver comigo; talvez ele estivesse querendo me dizer alguma coisa e não tivesse coragem, aí fingiu falar de si mesmo, entende? Aí escrevi num caderno (acho que no de filosofia): *A mudança não vem de fora, ela se aninha bem dentro, no dentro do dentro, e não quer nascer em mim*. E me dei conta de que não ia adiantar nada eu mudar de turma, de escola, de bairro, de vida, se seguir sendo quem sou, pensando o que penso, sentindo o que sinto. E o que mais sinto hoje é a falta da minha mãe. Ou do meu pai. Sei lá. Fico querendo ter alguém que me diga coisas que só mãe ou pai sabem dizer. Fico pensando no egoísmo da Manuela. Ela quis um filho, foi lá e fez. Cuidou desse filho, amou esse filho, só não contava com o caminhão. E ela se foi. E eu fiquei. Sem pai, sem mãe. Não sei se ela tinha desejo de ser mãe, se tinha necessidade. Necessidade tanta (coisa de não conseguir viver sem) que foi lá e me teve, sem qualquer outra preocupação que não fosse me amar. E se ela não tivesse morrido, acho até que o amor dela me bastaria, sabe? Acho que me bastaria. (...) E se minha mãe agiu assim, eu até entendo, e perdoo ela ter tido esse filho esquisito que eu sou. Porém, se foi desejo de ser mulher independente que julga não precisar de um companheiro pra criar um filho, ah, aí não perdoo mesmo. Não quero ser filho de modinha, ser a prova viva de que minha mãe era pessoa livre de contingências sociais e de que poderia segurar a produção independente de um filho. E sabe o que mais me massacra, Marília? É essa dúvida: foi necessidade ou impulso? (...) Eu te disse no início da sessão que estava tudo bem. Nunca está tudo bem. Nadanuncaestábemnunca.

SESSÃO 20

Oi.

(...)

Aconteceu algo bem legal. Pelo menos, achei legal. Mas não contei pra ninguém. Nem pro Ramon. Aliás, pra quem mais eu poderia contar além do Ramon? Às vezes, digo (ou penso) coisas bem idiotas, aí me sinto um idiota. Ora, se não tenho nenhum amigo além do Ramon, poderia contar algo bacana que aconteceu comigo pra mais alguém? Idiotice pura. (...) Se bem que pra Adama talvez eu pudesse contar. A Adama é aquela amiga senegalesa do Ramon, já te falei nela, né? A gente se conheceu naquela primeira vez em que eu fui à casa do pai do Ramon. Depois a gente se viu outras vezes. Ela é legal, bem simpática, apesar de eu não entender muito o que ela fala às vezes. Peço que fale devagar. Ela ri aquele sorrisão dela, os dentes muito brancos brilhando no meio do rosto. A Adama é muito linda. Pra ela, se a gente virar amigos, tipo eu e o Ramon, quem sabe conto. Bah, falei, falei e falei, mas não te disse o que aconteceu de bacana. Seguinte: escrevi um poema. Quer dizer, acho que é um poema. Na verdade, escrevi pensando nas canções do Cazuza. Eu e o Ramon, mais o André Ricardo, lá no apartamento do Ramon, ficamos a tarde toda ouvindo Cazuza. Na verdade, a gente estava iniciando o André Ricardo na música do Cazuza, que ele falou que nunca tinha escutado.

– Impossível – falei.

– Sério – ele disse. E acho que o André Ricardo não estava mentindo mesmo.

Então a gente pegou uma *playlist* no Spotify, só Cazuza e mais Cazuza. Do primeiro LP, ainda no tempo do Barão Vermelho, ao último. Foi muito tri. Por vezes, o André Ricardo fazia perguntas sobre o Cazuza ou sobre uma das canções, e a gente ia respondendo. Eu com o pouco que sabia; o Ramon sabe tudo. Leu a biografia *Só as mães são felizes*, que a mãe do Cazuza escreveu. Viu o filme, assistiu à peça de teatro. Sabe tudo, tudo. Até lembrou que o título da biografia foi tirado de uma música do Cazuza. E aí fiquei pensando se a minha mãe foi feliz, se ela foi feliz comigo, se fui o filho que ela tinha sonhado, se fui. (...) E me dei conta de que não sei; se algum dia ela me disse, esqueci. E aí fico pensando se seria possível eu esquecer algo assim. Acho que não, embora eu tivesse só nove anos quando ela saiu e não voltou mais. Um cara com nove anos não ia esquecer se sua mãe não tivesse dito que ele era tudo o que ela tinha sonhado como filho. Só que tem coisas, Marília, que a gente sente, né? E se sente não é preciso dizer. Porém, é bom ouvir. Acho que é. E se a minha mãe tivesse dito, eu ia lembrar e eu ia adorar lembrar. Sabe?

(...)

Bom, aí, depois que a gente terminou a iniciação do André Ricardo, com lição pra casa (ouvir uma *playlist* com os maiores sucessos), eu fui pra minha casa e escrevi um poema (ou letra de canção) sobre essas coisas de um filho ter que atender as expectativas de um pai ou de uma mãe, e a dúvida dele se consegue ou não. Estranho, né? Nem tenho pais. (...) Acho que estou me perdendo, confundindo tudo. Voltando: escrevi o texto, mostrei pro tio, o Artur tava junto, ficou parado um tempão, pensando e pensando, depois pegou o violão e foi tirando umas notas, compondo uma canção pro meu poema. Acredita? Virei letrista, meio sem querer. É estranho, mas legal ao mesmo tempo. O Artur disse que fez só uma primeira versão, algo bem inicial. Disse que talvez tenha que alterar alguns versos pra encaixar melhor na melodia.

– Mas só se tu aceitar – falou. E eu respondi:

– Tranquilo.

Aí eu fiquei pensando naquela outra letra que um dia eu tinha escrito pra uma canção que o tio e o Artur tinham feito, letra que deve estar em algum caderno velho no meu guarda-roupas. Eu não boto fora os cadernos que é pra não pôr no lixo os meus escritos. Mas também nunca os organizo. Claro, já pensei nisso. Separar por tipo de texto, guardar numa pasta, sei lá. Pensar em fazer isso eu penso, mas e faço? Não faço. Sempre tem algo que me interessa mais. O certo é que me lembrei daquela letra que um dia escrevi pra música deles. Lembrei, porém não falei nada. Só fiquei pensando em procurar por ela. Mas não procurei.

SESSÃO 21

Ando cansado de mim. Vontade de mudar alguma coisa. Qualquer coisa, sabe? Sei lá, talvez mudar o jeito de me vestir, abandonar os brechós e este estilo vintage, que faz com que as pessoas me olhem na rua de um jeito que eu nunca sei se é de admiração ou de reprovação, e me enquadrar mais no padrão adolescente. Aí acho que ia me destacar menos no meio da multidão. Passo despercebido, sou só mais um entre tantos adolescentes a andar pelo mundo, sem qualquer atrativo que não aqueles que todo adolescente tem, se é que tem. Esses dias, eu estava sozinho em casa, aí invadi o guarda-roupas do tio e vesti uma camiseta dessas comuns, branca, sem desenho ou frase em inglês, camiseta sem qualquer identidade. E coloquei uma calça jeans, um All Star (o tio adora All Star, tem de vários modelos: com cano alto e sem cano, de várias cores, de muitas estampas). Tem até um bordô, de bico quadrado, que o Artur deu como presente de aniversário no ano passado. Só ali no quarto dele contei onze, mais o que ele devia estar usando: doze. Doze All Stars diferentes. Aí me olhei no espelho. Fiquei observando aquele cara que me olhava, que sorria pra mim, e não me reconheci nele. Não era mais eu que me olhava. Sensação bem estranha. Pensei em raspar os cabelos, cheguei a pegar a máquina de barbear, mas faltou coragem. Me dei conta, naquele momento, que, embora esteja cansado de mim mesmo, não é cansado do que sou por fora. Não.

(...)

Isso faz sentido pra ti?

(...)

Às vezes, acho que não sou como os outros adolescentes, que eles não têm estes pensamentos. Será que têm?

(...)

De que adianta mudar estilo de roupa, de calçado, de cabelo, se lá dentro segue tudo igual? Continuo me achando estranho, diferente, o esquisito mais esquisito da turma.

(...)

Dificuldade grande de deixar de ser quem sou.

(...)

Ser outro eu. Um cara mais popular, um cara que sofra menos essa sensação de estrangeiro num mundo meu. E com a Adama como será isso? Vem de outro país (andei pesquisando na internet: Senegal fica na África Ocidental, foi colonizado por franceses, mas o povo cultiva sua cultura, sua língua, o wolof. Falar francês é pra poucos), tem outros hábitos culturais, mal fala o português. Bah, se ocorre isso comigo, nem sei o que faço. Se bem que, se for pensar friamente, também sou de outro país: tenho diferentes hábitos, falo linguagem díspar da maioria dos meus colegas de escola, me sinto muito mais maduro que eles (acho que por ter ficado órfão cedo). Talvez, por isso, me agrade a presença da Adama. Só não sei (a gente nunca falou sobre isso) se ela também se sente deslocada na nossa cidade tão cheia de gente de classe média branca. Um dia o Ramon até perguntou para a Adama por que ela não mudava de escola e vinha estudar na mesma que a gente. *Ia ser irado*, ele falou. E eu concordei, dei força, falei: *Vem estudar com a gente, vem.*

O colégio em que a gente estuda é público, meu tio não tem grana pra pagar colégio particular, nem eu ia querer. Prefiro conviver com gente que, embora não me entenda, tem mais ou menos as mesmas condições que eu. A exceção é o Ramon. O pai dele tem grana e ele podia estudar onde quisesse e tal. Mas a mãe do Ramon não quer. Ela diz que o Ramon não pode crescer achando que tem mais do que tem. Implicância dela, porque o Ramon é filho único do pai dele. A mãe casou de novo, Ramon tem uma irmã, uma guria chata, por volta dos doze ou trezes anos, que jura que já é mulher independente. Um dia, ficou me olhando daquele jeito de quem tá a fim, sabe? Me fiz de desentendido. Tá louco. Já o pai do Ramon nunca casou, às vezes ele apresenta alguma "amiga" pro Ramon. O meu amigo disse que já desistiu de decorar os nomes delas. *É uma verdadeira legião, Chico.* E ele ri ao dizer isso. O Ramon é leve, ensolarado, como fala a Vick, e parece jamais se contaminar com as disputas entre os pais, e olha que eles brigaram na Justiça pela guarda dele.

(...)

Quem dera eu tivesse quem brigasse por mim.

(...)

Sou o tipo inodoro, insípido e incolor. Sou água.

(...)

É, se pensar por aí, sem água não se vive. De repente, sou menos ainda. Sem mim, todo mundo vive.

(...)

Ah, acho que até o meu tio. O Ramon? Ah, Marília, é óbvio. Ele tem amigos bem mais interessantes e divertidos do que eu.

(...)

Pedir, pediu. Pediu pra ser meu amigo, mas e daí?

(...)

Ah, a Adama disse que ia pensar na troca de escola, mas que tinha que falar com o pai dela. Disse que ficou bem empolgada com a ideia. E eu também.

(...)

Olha, Marília, melhor terminar por aqui. Vou indo. Até semana que vem.

(...)

Ou até nunca mais.

SESSÃO 22

A Adama me disse muitas coisas, e eu entendi quase tudo. Creio que, quando as pessoas estão conectadas pelo carinho, tudo fica mais comunicável, comunicante. Fiquei maravilhado com o que ela me contou sobre a cultura do Senegal. Acho que tem coisas próximas à nossa, a alegria e as cores presentes em muitos objetos artísticos: dança, música, pintura e tal. Claro que mais a ver com a Bahia do que com este estado ao sul, bem ao sul, que se julga mais importante, que se volta pra si mesmo e pra um conservadorismo cultural e social que até Deus duvida. Tudo é por demais conservador por aqui. Um conservadorismo um tanto cínico, um tanto ingênuo, uma atmosfera de se achar melhor, de se dizer independente, tudo em virtude de uma malfadada tentativa de libertação orquestrada por quem queria manter certos privilégios. Quando me dei conta disso, fiquei até com vergonha desse ufanismo ridículo com o qual as gerações são alimentadas. Tive minha congestão, vomitei tudo. Ainda bem. Claro que se libertar de todo o conservadorismo com que se é criado é bem difícil. Mas tento. Bastante. Foi isso que defendi num debate na aula de filosofia. Que a gente que é jovem não pode repetir práticas conservadoras e preconceituosas e tal.

(...)

Aí, conversando com a Adama, também fui descobrindo o tanto de dificuldades que ela passou em seu país e que tem sofrido aqui no Brasil. Aquela velha história de que os imigrantes são responsáveis pelo desemprego dos brasileiros. E o pai dela (que era advogado lá, mas não conseguia trabalho, estavam até passando fome) trabalha vendendo óculos e outros apetrechos no centro da cidade. *O que dói mais, Francisco, são os olhares. Tem gente que nos olha como se a gente fosse extraterrestre, prontos pra sacar uma pistola de laser e nos apropriarmos de tudo*. Claro que ela não falou assim, tudo certinho, mas falou tudo isso, desse jeito meio sofrido, com um monte de "erres" forçados, um tanto de pausas e de desconexão das ideias, outro tanto de palavras em inglês. A Adama está cada vez se comunicando melhor, mas ainda tranca. E sempre que isso acontece, ela sorri aquele sorriso lindo dela, toca no braço da gente e pede, com aquela vozinha fina: *Desculpe-me*. Ela usa pronome enclítico adequadamente. Linda, linda.

(...)

E ontem ela disse que o pai dela está organizando a transferência de colégios. A Adama vai estudar com a gente. Não é legal?

(...)

Eu acho que sim, ora.

(...)

Sabe, de tudo o que ela me falou, o que bateu mais foi mesmo essa coisa dos olhares. O olhar fere, porque ele sempre pode ser negado, pode ser pensado como má interpretação. Aí, quem o recebe acaba se calando pro preconceito contido nele. É diferente das palavras; estas podem ser questionadas, discutidas, combatidas com contra-argumentos. Já o olhar, ah, o olhar é sutil, diz fingindo que não diz. E a Adama, que é mulher, é negra, é imigrante, deve sofrer triplamente o que só sofro por ser esquisito, ser o diferente. Mas, sei lá, em relação a ela, estou em posição bastante privilegiada. Há sempre os que rechaçam o diferente: olham, apontam, hostilizam. Porém, há os que toleram, os que fazem de conta que está tudo bem, mas não está; quem sofre discriminação sabe que não está; a Adama me disse essas coisas todas; tudo o que eu pensava, que eu sabia sem saber que sabia. Aí a sintonia fica maior. Imagina, se eu fosse viver em outro país, só eu e meu pai (que nem tenho), sei que ia ser uma barra difícil de enfrentar. Por isso, admiro cada vez mais a Adama. Mais e mais. Somos sobreviventes, eu e ela.

(...)

Não, Marília, que isso? Não tô apaixonado, não. Ah, nunca me apaixonei. Só por uma das namoradas do tio, a Joana, quando eu tinha doze anos; amor impossível, lógico, mas creio que saberia se estivesse amando, não? Gosto, gosto de estar com ela, de trocar ideias com ela (eu e o Ramon a estamos introduzindo no universo musical do Cazuza também; o André Ricardo já está quase se formando), mas também curto estar com o Ramon, trocar ideias com o Ramon. Entende?

(...)

Eu tô meio chato hoje, né? Só falando coisas dos outros, e não de mim. Mas acho que é assim mesmo. Tem dias que quero falar de mim; tem dias que não quero.

SESSÃO 23

Na última sessão, você deu a entender que eu poderia estar apaixonado pela Adama. Pensei nisso a semana inteira. Sabe o que descobri? Que você não tem razão. Gosto da Adama como amigo; gosto dela pelas semelhanças que a gente tem: essa sensação de estrangeiro, de estranho no ninho que sinto no colégio, e que ela sente também. Na vida. É isso. Só isso. E se gosto de alguém de um jeito diferente, se penso em alguém com quem gostaria de namorar, esse alguém é a Heloísa. Só que ela já tem namorado, só que eu e ela nunca falamos algo além do *Oi, tudo bem?*, só que eu e ela fazemos parte de grupos diferentes, só que ela é a Heloísa e eu não passo do Francisco, entende? A guria que mais desejo é a mais distante. Não, não tem nada de lamúria, não. Só de realidade. Antes me apaixonasse pela Adama, pela Vick, pela Júlia B ou por qualquer outra menina, mas não.

(...)

Ah, Marília, acho que não, nada a ver. Acho que você (de repente todo psicólogo é assim) fica vendo intenções, subtextos, onde não há nada mais além daquilo que há. No colégio, a psicóloga, quando me chama pra conversar, sempre fica querendo encontrar algo a mais, algo além daquilo que falo, dizendo pra eu ser quem realmente sou. *Será que não, Chico? Será isso mesmo, Chico? Pense sobre isso, Chico.* Um saco. E ela fica me chamando pelo apelido, forçando uma intimidade que não existe e nem nunca vai existir.

(...)

Não, Marília, não gosto da Heloísa por saber que é impossível ter algo entre a gente. Gosto dela e pronto. Simples, simples. Claro que adoraria gostar da Adama. Ela é linda, tem um sorriso que abraça a gente, tem tudo a ver comigo. Mas não amo. Gosto é da Heloísa, entende? Não ria, é sério. E quer saber de uma coisa? Vou me aproximar mais dela, vou ser amigo dela e aí, pronto. Não namorado, que isso ela já tem. Mas posso ser amigo. Não posso? Posso. Duvida? Não, não estou querendo fazer aposta, tampouco desafiando a minha psicóloga. Não sou idiota. Só estou querendo dizer o que pretendo fazer.

Acho que a amizade com o Ramon tem feito eu acreditar mais em mim. Ele e o Cazuza. Sabe aquela coisa de exagerado? Não quero chegar a tanto, não quero me jogar aos pés de ninguém, nem inventar um amor; só quero poder ser mais livre, sabe? Me abrir mais, falar mais de mim com quem quer que seja, com quem quiser me ouvir, com quem quiser gostar de mim, e gostar do jeito que sou. O Ramon é assim, a Adama também; a Heloísa, não sei, pois nunca conversamos muito pra eu saber, de verdade, o que ela pensa sobre mim. Mas que deve pensar alguma coisa, deve. Senão, não me dava oi ou sorria pra mim quando nos cruzamos pelos corredores ou pelo pátio. Quê? Disse que ela só me deu um *oi, tudo bem?*. Quando? Ah.

(...)

Sábado vai ser o aniversário do Ramon, dia da libertação, como ele está chamando a data dos seus dezoito anos.

– E logo logo vem aí o dia da libertação – fica dizendo, quando convida o pessoal pra festa.

Vai ser na casa do pai dele, lógico. E vai ter até DJ. E a Heloísa vai, e vai todo mundo. Tô até pensando em cortar os cabelos, algo meio radical, raspar de um lado talvez, não sei. Ah, Marília, não é dúvida, é, sei lá, meio pensando se faço ou não faço. Mais escolha do que dúvida. O níver vai ser dia 13. De repente, dia 13 não vai ser apenas a libertação do Ramon. Quem sabe? Tem quem alie liberdade a maioridade. Pra mim, liberdade é mais do que poder dirigir, do que poder beber cerveja sem autorização de adulto. Liberdade é a gente poder ser, dizer, sentir, fazer o que quiser. Meu tio (que é minha mãe e meu pai) concorda comigo, mas sempre põe um adendo a esse meu conceito de liberdade. Ele fala assim, com um jeito todo sério: *Desde que a pessoa não prejudique ninguém, nem a si mesmo*. Quando ele fala esse *nem a si mesmo*, acho que se refere a drogas. Não digo nada, embora, se a preocupação dele for apenas isso, ele não tenha com o que encucar. Nunca experimentei, nem tenho vontade. Sou meio careta pra essas coisas, meio nerd. Mas também não tenho nada contra quem usa. Não fico julgando o Ramon nem ninguém. Não creio que fumar ou não fumar maconha seja critério pra avaliar o caráter de quem quer que seja.

(...)

E eu gosto do Ramon. Acho que isso também conta.

SESSÃO 24

Ontem passei a tarde com o Ramon, ele está a mil com a história de fazer dezoito anos, o cara só fala nisso. Disse que sabe que o pai dele vai lhe dar um carro, tem certeza disso. *Ele sabe que a minha mãe odeia a ideia de eu dirigir; ela me acha muito jovem, meio aéreo, distraído*. Só por isso é que tem certeza de que o pai vai aprontar mais uma.

– Bah, Chico, tenho certeza de que ele não vai perder a chance de fazer algo pra irritar a minha mãe.

– E por que você não diz pra ele não comprar carro nenhum, caso ele esteja mesmo pensando nisso? – perguntei.

Sei lá, no lugar do Ramon, se tivesse um pai e uma mãe, mesmo que eles vivessem em guerra, não iria servir de pivô pra mais brigas ou pra qualquer tipo de vingança de um contra o outro. Ia querer que eles se dessem bem, sei lá. E, afinal, na época da separação, ele escolheu ficar com a mãe.

Então.

Aí eu disse isso pro Ramon, assim como estou te dizendo, porém ele não deu muita bola.

– Mas eu quero o carro, Chico. Simples assim.

Não falei nada. Não achava que ser joguete nas mãos de um pai vingativo pudesse ser algo simples. Fiquei pensando que talvez o jeito de o Ramon ver o mundo, ver as coisas, não seja tão igual a mim como eu pensava.

– Bom, aí você é que sabe se um carro vale uma briga entre teus pais.

– Mais uma briga, você quer dizer. Cara, se não for esse motivo, vai ser outro e outro e outro. Meus pais não sabem viver em paz.

De novo fiquei quieto; não falei que achava aquilo triste demais e que ele, na verdade, estava se aproveitando de uma situação pra conseguir o que queria, independentemente do que a mãe dele pensava. Acho que às vezes devemos pensar no sentimento das pessoas que gostam da gente. Por exemplo, a minha mãe. Quando ela resolveu ser mãe solo, acho que não parou pra pensar como seria isso pra mim. Será que eu ia gostar de só ter mãe? De jamais saber quem foi, quem é, meu pai? Se sou parecido com ele e coisa e tal? Pensei essas coisas todas, mas não disse nada. Mudei de assunto, aquilo estava me incomodando e me fazendo pensar em coisas que não estava a fim de pensar naquele momento. Não naquele momento. Acho que não estava curtindo ver na minha frente aquele Ramon: um Ramon meio interesseiro, um tanto oportunista, egoísta. Não gostei daquele Ramon. Nem um pouco. Mas não falei. Talvez tivesse que ter falado. Porém, fiquei com medo de que ficasse chateado comigo; não queria perder o amigo, não queria que ele achasse que eu estava com inveja só porque ele ia fazer dezoito anos.

Não, Marília, é lógico que não estou com inveja dele. Não mesmo.

(...)

Só não queria que ele achasse que eu estava me metendo na vida dele, mesmo eu achando que amigo, quando é amigo de verdade, quando percebe que o amigo da gente está rateando, deva dar um alerta. E eu achei que o Ramon estava rateando, mas eu não alertei o Ramon. Não sei se fiz bem, mas foi só o que consegui fazer naquele momento. E logo vai ser sábado, e logo vai ser a festa de aniversário dele. Dezoito anos. O dia da libertação.

SESSÃO 25

Eu tento me entender, Marília, tento, porém por vezes tudo é muito confuso. A festa do Ramon foi muito legal; tinha muita gente, pessoal da escola e gente que o Ramon conhece sei eu lá de onde. Ele conhece gente demais e, claro, sempre tem os amigos dos amigos que acabam dando um jeito de entrar numa festa de dezoito anos de quem nunca (ou muito pouco) ouviram falar, se bem que na internet todo mundo conhece todo mundo. Ah, e o Ramon ganhou mesmo o carro. O pai dele fez questão de que todo mundo soubesse. A música parou de repente, quem tava dançando resmungou, aí o pai do Ramon pediu licença (ele pegou o microfone do DJ). Falou que o filho dele era um cara especial (com o que concordei), um cara que vivia cercado de amigos (concordei de novo) e que estava naquele dia se tornando adulto, *um homem* (aí discordei: não é uma idade que faz alguém ser mais homem ou menos homem), e então deu o presente ao Ramon, a quem chamou de filhão. Pediu que ele abrisse o pacote, de onde o Ramon tirou as chaves do carro. Não gostei da expressão fingida de surpresa que ele fez, nem do abraço que ele deu no pai. Pensei na mãe dele, pensei na batalha que poderia ser iniciada naquele dia D e fiquei com vontade de ir embora.

– Acho que vou embora – disse pra Adama.

A Adama disse pra eu não ir, segurou o meu braço, sorriu e o DJ voltou a tocar música, e ela me convidou pra dançar. Não gosto muito de dançar, Marília. Confesso. Quer dizer, não gosto de dançar assim em público. Se danço é em casa, sozinho, ouvindo as minhas músicas, quando o tio sai e diz que não sabe se volta pra dormir em casa. Mas, Marília, aconteceu uma coisa muito estranha: a Adama me convidou e nem pensei muito, segurei a mão dela e fomos pra pista. A gente dançava e ria. Eu todo desengonçado, e ela me acompanhava. E ria aquele riso solto, lindo. Aí a Júlia B se aproximou, o André Ricardo e a Heloísa, e o Ernesto. E a gente ficou dançando em grupo. Até que meu olho cruzou com o do Ramon; ele tava sentado numa mesa com a Vick e mais alguns amigos, o

Fábio ou Flávio, não lembro o nome do cara. Bem, a gente se olhou e o Ramon sorriu pra mim, depois me mostrou a chave, sacudiu-a com a mão e me enviou um beijo. Mandei outro. Ele sorriu de novo. E foi assim. Aí ele convidou aquele pessoal pra dançar também, só a Vick não foi pra pista. Ficou lá, sentada, bebendo e olhando pra gente. Sei lá, acho que ela é a fim do Ramon, acho que tem ciúme dele, só acho. Às vezes, as pessoas fazem alguns acordos, como o de só ser ficantes, por exemplo, que acredito que é o que mais rola entre a Vick e o Ramon, mas aí um se apaixona e a coisa fica complicada. Eu disse isso a ele na festa.

– Acho que a Vick tá a fim de ti.

– Ah, ela tá. Já me disse.

– E? – perguntei.

– E eu não gosto dela tanto assim pra namorar – foi o que ele me respondeu.

– E? – insisti.

– E aí não tem *e* – o Ramon falou. – Não quero ser exclusivo de ninguém. Quero poder ficar com quem quiser. Entende?

Disse que entendia, mas falei que quando existe sentimento tudo fica mais difícil. E pensei que a minha mãe pode ter sido um pouco como o Ramon. Talvez quisesse não ser exclusividade de ninguém, nem pra ninguém. Aí me teve, sozinha, independente, solo. E eu fiquei sem pai. A gente ficou conversando um tempão depois da festa; o pessoal foi embora, mas ele pediu pra eu ficar.

– Dorme aqui.

– Não avisei o tio.

– Avisa então – me estendeu o celular. Eu ri, disse que tinha o meu. Liguei, avisei o tio. Ficamos no quarto dele, atirados na cama, falando sobre um monte de coisas. Contei pra ele sobre a minha mãe, sobre a morte dela; os fatos ele já conhecia, o que ele não sabia, acho, é o vazio que a morte dela deixou em mim e essa sensação de sobrevivente que eu carrego comigo.

– Todo mundo tem lá suas dores – ele disse.

Essa é a última coisa de que me lembro, acho que eu e ele pegamos no sono mais ou menos juntos. Lembro que pensei em falar que gosto da Heloísa, mas não disse nada, só vinha à mente o sorriso da Adama, a gente dançando.

SESSÃO 26

O Ramon não tem carteira de motorista ainda. Vai ter que tirar. O pai dele já deu a grana necessária e parece que tá na maior pressão pra que o Ramon faça as aulas. Só que o Ramon ainda não contou pra mãe dele sobre o presente. *Não quero que ela se chateie comigo*. Olha, fiquei com vontade de dizer que ele devia ter pensado nisso na hora em que resolveu aceitar o carro, mesmo sabendo da opinião da mãe sobre aquilo tudo. Mas o que eu disse foi que ainda dava tempo de devolver o presente e falar pro pai dele, olho no olho, que aquela história de implicâncias tinha que acabar. Mas sabe o que ele me disse? Disse assim:

– Cara, mas tudo o que eu quero é esse carro. Entende?

Não, eu não entendia. Entendia só que o pai e a mãe dele iriam brigar mais uma vez e que ele, mesmo adiando o momento, não ia ter como evitar.

– A tua mãe vai perder a confiança em ti – foi o que falei. E perder a confiança (não sei se tu concorda comigo, Marília) é a pior coisa que pode acontecer entre pessoas que se amam. O Ramon tá jogando com a sorte, tá pensando só nele mesmo; mas ninguém é sozinho, nem eu, que tenho poucos amigos, que sou o cara sentado à margem do caminho, consigo ser totalmente sozinho, consigo agir sem pensar nos outros. Imagina quem tem pai e mãe como ele tem? Imagina. Bem, o fato é que ele ficou bravo comigo, falou que eu não o entendo, que pensou que eu ia ficar do lado dele, que eu tinha (e frisou o *tinha*) que ficar do lado dele, que eu era meio trouxa, que ficava sempre do lado dos pais dele sem nem conhecer direito tudo o que acontecia, que eu não entendia nada de nada. Aí os olhos dele se encheram de lágrimas e ele começou a chorar, e disse que fazia tudo errado, tudo, tudo, que gostava de mim e tava ali me xingando por causa das brigas dos pais dele.

– Queria não ter pai, não ter mãe. Queria ser como tu, sem ninguém pra me encher o saco. Cara, é meu aniversário, eu faço dezoito anos, penso que tudo vai ser melhor, e tô aqui chorando feito um idiota.

Eu disse umas palavras de apoio e tal, também pedi desculpas por ter feito ele se sentir sozinho, abracei o Ramon, mas depois fiquei pensando no que ele disse: que queria ser eu. Aí pensei no absurdo daquilo: um cara como o Ramon, popular, bonito, diferente, forte, esportista, querendo ser eu; eu que não sou nada do que ele é e do que admiro nele. Tudo muito estranho, estranho demais.

Sabe, nesses últimos dias, por vezes me distraio vendo séries, ou ouvindo música, ou fazendo alguma tarefa da escola, mas logo, logo me vêm à mente as palavras do Ramon dizendo que gostaria de ser eu. Gosto que ele queira ser eu. Se ele foi sincero, gosto. Se não foi dito só por dizer no momento da tristeza e tal, gosto. Porém, como vou saber? Não posso perguntar assim, meio trouxa, se ele pensa de verdade que é melhor ser eu do que ser ele. Fiquei pensando naquele livro (não sei se tu já leu) *O príncipe e o mendigo*. Os caras trocam de lugar, vivem experiências diferentes, só pra descobrir que o bom mesmo é ser quem se é. O Ramon é o príncipe que deseja ser mendigo.

SESSÃO 27

Ando confuso. Sou confuso. Mas nos últimos dias até que andava mais tranquilo e tal. Só que agora ando confuso de novo, querendo mais é ficar escondido no fundo mais fundo que houver. Isso é normal, Marília?

(...)

Ser apenas eu e eu e eu, sem mais ninguém por perto. Viver não é fácil, não tem sido. Não é. Coisa pra maluco ou pra ingênuo, coisa pra alienado que não fique pensando e pensando e criando teorias pra própria vida. Melhor ser bicho; bicho só vive: come, dorme, recebe carinho se seu dono estiver a fim de dar carinho e pronto. Não precisa de mais nada, não fica querendo ser gostado, não fica gostando de todo mundo ou de ninguém. Ah, eu tava meio mal. E fui falar com meu tio, trocar ideias sobre o que ser, o que fazer da minha vida, que faculdade cursar, e ele (sei lá se tava ocupado com outra coisa, com alguma música, com alguma nova namorada) não deu a atenção que eu queria. Veio com aquele papo de que isso era normal, que todo adolescente passa por isso, que aconteceu a mesma coisa com ele, que não é o fim do mundo, que no final das contas tudo acaba bem. E aí, pra arrematar, disse que quer mesmo é que eu seja feliz. Ele quer que eu seja feliz, Marília. Ele quer. Como se eu não quisesse, como se fosse fácil ser feliz. Não é fácil, não. Ainda mais quando alguém põe esse peso nas costas da gente. Ele disse isso, me deu um beijo na testa e saiu do meu quarto, repetindo que o que importa é ser feliz. E eu fiquei pensando se felicidade existe mesmo ou se é uma utopia, um desejo daqueles impossíveis, como encontrar a fonte da juventude (aliás, pra que alguém ia querer encontrar essa tal fonte? Ser jovem é estar sempre encucado, torto, doente), como ganhar sozinho na loteria, como sei lá mais o quê. E, depois, não sei se quero ser feliz, talvez nem queira, talvez nem saiba como. Pode alguém que teve a mãe atropelada por um caminhão às vésperas de seus dez anos ser feliz? Acho que não pode. Mais que ser feliz, eu queria ser leve. Não ser tão atormentado, não sofrer tanto o meu próprio existir, ser outro, trocar de lugar com o Ramon talvez ajudasse, pelo menos teria pai e mãe. Só acho que isso não seria solução, eu seguiria sendo eu, acho.

(...)

Oi?

Ah, penso que trocaria de lugar, de corpo, mas não deixaria de ser eu, entende? Acho que levaria comigo o jeito meio pessimista de ver o mundo, de sentir as pessoas.

(...)

Ah, ando confuso, bem confuso. A vida é cheia de gente pouco gente; gente capaz de agredir o outro por não o ver como um igual, sabe? Tanta gente maltratada, tanta gente sofrendo preconceito, quer seja negro, ou gay, ou mulher, quer tenha qualquer condição que fuja do padrão de felicidade apregoado nas propagandas que só querem vender e vender e vender, mas são incapazes de fazer alguém ser feliz. Tá, sei que tô falando como um filósofo ou um político. Não sou filósofo, nem político, só que penso isso e, quando observo a realidade que me cerca, me dou conta de que não quero ser assim. Quero olhar pro outro e tentar ver nele alguém pra partilhar. Só que não partilho, só que me prendo em mim mesmo, e aí sofro quando fico sabendo de coisas como a que aconteceu com o pai da Adama.

Ele tava voltando do trabalho à noite, é camelô no centro, aí passaram uns caras, xingaram ele do nada, derrubaram as coisas dele, pisaram em cima e ainda o agrediram. Tá no hospital, todo arrebentado. E a Adama na frente da gente, olhos vermelhos de tanto choro, rosto preocupado, apavorado, só perguntando: *Por quê? Por quê?*. E a gente – eu, o Ramon, o André Ricardo, a Heloísa, a Vick – sem saber o que dizer a ela. A Heloísa a abraçou, chorou junto. Eu só consegui pedir desculpas por viver na mesma época em que vivem pessoas como as que agrediram o pai dela. Me senti responsável por aquilo tudo, fiquei com raiva, com vontade de descobrir quem tinha feito aquilo e agredir também, baterbaterbaterbaterbater até que eles aprendessem, com a dor no corpo, o que atos como os deles podem causar: doredoredoredoredor e dor e dor. E humilhação, que é a dor maior, a dor das dores. A Vick convidou a Adama pra passar a noite na casa dela; fomos todos, fizemos pipoca, mas tudo com poucas palavras, que a gente parece que tinha emudecido. E eu ficava olhando pra Heloísa, toda carinhosa com a Adama; e pra Adama, com os olhos tristes; e pro Ramon, parado, olhando pela janela, pensando sei lá no quê. Olhei pra eles e pensei que gostava bastante dos três; olhei pra eles e pensei que não sabia de qual deles eu gostava mais. É difícil ser feliz, Marília. Bem difícil.

SESSÃO 28

Na semana passada, a Adama começou a frequentar o meu colégio. Ficou na minha turma. Acredita? Muita coincidência, né? Se isso acontecesse em alguma das séries que eu assisto, iria dizer que era inverossímil. A vida talvez seja mesmo inverossímil. Eu acho.

Ah, eu fiquei feliz que ela está agora na minha turma. Acho a Adama muito legal. Gosto dela, mas não é gostar de paixão, eu acho. Quando penso em beijar alguém, quando fico me imaginando com alguém, é sempre a Heloísa que me vem à cabeça. Lá na casa da Vick, semana passada, a gente tentando tornar a dor da Adama menos doída, acabei conversando mais com a Heloísa. A gente falou de tudo um pouco: do que aconteceu com o pai da Adama, da festa de libertação do Ramon, dos trabalhos e provas do colégio nesta época de final de ano, das nossas famílias e do que os adultos esperam da gente. Me lembrei do tio dizendo que espera que eu seja feliz.

Como se ser feliz fosse fácil, disse pra Heloísa. Ela sorriu e falou que, *no máximo, a gente consegue é um ou outro momento de alegria*. Disse que ser feliz de verdade é coisa de livro, a tal insustentável leveza do ser. Aí me indicou o livro do Kundera, um romance que fala um pouco sobre a busca da felicidade e de como isso é impossível neste mundo cheio de pessoas como as que maltrataram o pai da Adama.

(...)

Peguei o livro na biblioteca da escola, mas ainda não abri: é um pouco grosso. Li a orelha e a contracapa, e creio que não é livro que gostarei de ler, mas, sei lá, foi a Heloísa que indicou. Aí fico querendo ler, só pra ter mais algum motivo pra me aproximar dela, pra conversar com ela. O fato (e aí eu fico me sentindo culpado por pensar assim) é que, se o pai da Adama não tivesse sofrido o que sofreu, eu jamais (jamais é muito forte mesmo, concordo contigo, Marília) teria conversado com a Heloísa. Sem o preconceito contra o pai da Adama, ela não teria sofrido, chorado, e a Vick não teria convidado a turma (já ando me sentindo parte da turma) pra ir à casa dela. E, se eu não fosse, se a Heloísa não fosse, nada de conversa, nada de nada.

(...)

É horrível isso, terrível, como se alguém ficasse feliz ou tirasse vantagem da morte da minha mãe, por exemplo. Só que não consigo deixar de pensar assim, e fico achando que sou mau, que sou tão egoísta quanto o Ramon, que tá pensando em ir morar com o pai dele. E tudo por causa do carro. É, ele contou pra mãe dele; ela ficou brava, pediu que ele devolvesse o presente, disse que tava se sentindo traída. E o Ramon disse que não iria devolver carro nenhum. Então, ela perguntou se o Ramon sabia de onde tinha saído o dinheiro pra comprar o carro. Aí ele falou que não deixou mais a mãe ficar levantando suspeitas sobre o pai dele.

– Ah, Chico, ela não perde a chance de chamar o meu pai de corrupto. Ele é meu pai, poxa.

Eu não disse nada, fiquei meio sem saber o que dizer ao meu amigo, só sei que já ouvi vários boatos que aproximam o pai do Ramon e o partido político em que ele trabalha de atos de corrupção. O Ministério Público investigando e tal. Saiu nos jornais. Você deve ter visto. Não viu? Aí eu pensei que se fosse comigo, se houvesse qualquer possibilidade de um presente ter relação com corrupção, eu não iria aceitar ou iria averiguar com o meu pai. Acho que faria isso. E se um dia descobrisse que ele mentiu pra mim, me afastava e pronto. *Ou se é honesto ou não se é*, lembro que minha mãe sempre dizia isso. Ou se é ou não se é, no pequeno e no grande, no pouco e no muito.

Sabe, Marília, o que guardo de minha mãe são essas lembranças poucas. Mas lembranças sempre boas. E fico pensando, pensando e pensando que devem ter ocorrido coisas ruins também. E se houve, por que não me lembro? Terei criado uma mãe ideal pra me proteger da dor de ela ter me abandonado tão cedo? Ah, difícil não pensar que ela poderia ter sido mais cuidadosa ao atravessar a rua; ela tinha um filho pra cuidar, pra ver crescer; um filho que ela resolveu ter sozinha. Então. É isso que penso e, por vezes, esperando o sono que não vem, tento mergulhar no passado, tento encontrar algo não bom na minha mãe, mas não acho, não consigo culpá-la por ter me negado conhecer meu pai. Perguntei pro tio sobre meu pai. Ele disse, mais uma vez, aquilo que sempre me diz quando volto a esse tema: que nada sabe, que a Manuela era muito discreta com a sua vida sentimental, que teve um namorado apenas, mas isso bem antes de eu nascer.

– Era o segredo da Manuela. Perguntei várias vezes, achava um absurdo você não saber quem era seu pai, e seu pai não saber que você existia. Mas ela nunca deu a menor pista. Desconfio que nem pra tua vó ela contou.

Meu tio acha que meu pai nunca soube da minha existência. Mas eu não tenho tanta certeza assim. Não tenho.

(...)

E se nem pra minha vó ela contou, Marília, será que falou pra minha dinda? Eram amigas, sei lá. Às vezes, falamos aos amigos (quem os tem) aquilo que jamais diríamos a um pai, a uma mãe, a um tio que faça o papel de pai e de mãe. Sabe, acho que não é algo que me impeça de viver ou de ser feliz (se é que alguém pode ser feliz) eu saber quem é meu pai. Se ele sabe que eu existo.

Mas se sabe, por que nunca me procurou?

(...)

Nada disso pode me prender, eu acho. Porém, gostaria de jogar alguma luz nesta escuridão que é minha vinda ao mundo. Talvez me permitisse ser menos esquisito. Viver mais do que sobreviver.

SESSÃO 29

Estou bem, quer dizer, acho que estou. Foi tudo tranquilo, semana meio parada, provas e mais provas, um ou outro trabalho na escola, tudo bem igual, tudo sempre igual. Criatividade parece ser uma palavra que não combina com sala de aula. Ou ela não aparece, ou – quando aparece – é um exagero só. Em vez de aula, tudo fica parecendo uma enorme gincana em que a forma de fazer as coisas apaga qualquer possibilidade de reflexão sobre o assunto. Você já viu aula de história, por exemplo, sem espaço pra gente refletir sobre os fatos ou pra gente pensar sobre as repercussões que algo ocorrido no passado provoca no que estamos vivendo hoje? Eu já vi. E muito. Decorar datas não faz com que alguém possa refletir sobre a forma como a vida se organizou durante o tempo. Penso assim.

(...)

Ah, pois é, resolvi mexer no visual, cortei o cabelo, coloquei o brinco. Fazia tempo que queria me olhar no espelho e gostar mais de mim.

(...)

Aham, tô me gostando mais. Ah, acho que a amizade com o Ramon fez este bem em mim; gosto dele, me sinto bem com ele, mesmo quando ele tem posturas que me desagradam, tipo não administrar bem a relação entre os pais dele. Mas isso é a vida dele; ele é que tem que dar conta da forma como acha que tem que dar; eu – como sou amigo – por vezes dou minha opinião, porém é isso, mais não posso. Cada um, cada um. E por falar nisso, cada um, cada um, teve uma noite, sábado passado, na casa do pai do Ramon: foram alguns amigos do Ramon, colegas do inglês e mais o pessoal do colégio. Foi o André Ricardo, mas a Heloísa não, parece que tinha um aniversário de alguém da família dela, a vó, sei lá. Bem, a gente tava lá, de boas, aí alguém sugeriu aquela brincadeira de girar a garrafa. Não a de fazer perguntas indiscretas. A outra.

(...)

Assim, você gira a garrafa e, pra quem ela apontar, você deve dar um beijo. Você escolhe: beijo no rosto, nos lábios (só bicotinha) ou de língua, beijo de verdade mesmo. Eu fiquei meio assim de participar, sei lá, mas sempre há a possibilidade de beijar no rosto, o que salva a gente de qualquer cilada. E aí começou; cada um girava a garrafa e beijava. A maioria no rosto ou bicota, que todo mundo é mesmo só amigo. O Ramon beijou de língua uma colega do inglês (acho que é colega nova, pois nunca a tinha visto), ela tem um nome estrangeiro, começa com K, não lembro bem. O Flávio ou o Fábio (nunca sei o nome dele, guardo e depois já esqueço) deu uma bicotinha na Júlia B, eu na Adama (aham, mas nada demais, só beijo de leve, de amigos); o Ernesto bicotou o Flávio, Fábio, sei lá, na zoeira. Todo mundo tava nessa vibe, até que o André Ricardo girou a garrafa e ela apontou pra Vick. A Vick riu e perguntou qual era o beijo. E ele disse na maior cara de pau: *Na boca, de língua*.

Foi o maior silêncio, acho que nem a Vick esperava por aquela resposta, nem ela. Bem, o certo é que regra é regra, e ela cumpriu a regra. Os dois se beijaram na boca um tempão, já não era zoeira, brincadeira, era beijo pegado, de quem tava a fim. O pessoal começou a aplaudir e dizer *Chega, chega*. E eu fiquei ali, só pensando na Heloísa, só pensando que eu jamais faria aquilo com ela. Bah, se o cara queria beijar a Vick ou qualquer outra pessoa, que fizesse longe dos amigos da namorada. Se tu tá namorando alguém é porque tu quer namorar esse alguém. E pronto. O Ramon não pensa assim, acho que muita gente pensa também desse jeito: ele diz que ninguém pertence a ninguém, que namoro não é prisão. Concordo, namoro não é prisão, mas existe um acordo de respeito quando se resolve namorar alguém. Você não acha? Eu acho. Melhor terminar o namoro então. Ou deixar bem claro que é um relacionamento aberto. Mas se é aberto, por que namorar então? Melhor seria só ficar, assim como faz o Ramon. Ele fica, não namora, aí pode ficar com quem quiser, a hora que quiser, tranquilo, não dá nada. Já o André Ricardo. Bah, ele namora a Heloísa. Namora faz um tempão. Fiquei com pena dela, mais pena ainda porque o André Ricardo e a Vick acabaram ficando a noite toda, beijos e mais beijos. Na segunda-feira, no colégio, fiquei muito a fim de contar pra Heloísa o que tinha acontecido na casa do pai do Ramon, muita vontade mesmo, ainda mais quando vi os dois, o André Ricardo e ela, de mãos dadas no intervalo. Porém, não sou dedo-duro. Se fosse amigo dela, amigo mesmo, se não gostasse dela, acho que contaria tudo.

Contaria.

Mas não sou amigo de verdade dela e, ainda por cima, fico na torcida pra que alguém tenha a língua solta, conte o que aconteceu, e a Heloísa acabe o namoro. Fico torcendo por isso e aí acabo me sentindo um cara do mal. Mas não sou. Podia ser, né?

SESSÃO 30

Meu tio disse que encontrou a minha dinda, a Maria de Lourdes, no barzinho em que ele e o Artur estão cantando. Disse que ela tava comemorando o aniversário de uma amiga, que ela perguntou como eu tava, que disse sentir saudades. Bah, Marília, quando o tio me contou, assim como se estivesse falando uma coisa qualquer, tipo um pequeno acidente de trânsito ou a pré-estreia de um novo filme do Batman, eu pirei. Perguntei sobre ela, perguntei se ele tinha pedido o Whats dela, qualquer coisa que permitisse que eu fizesse contato. Perguntei se ela pediu o meu número, se tá morando em Porto Alegre, se não ficou querendo me ver.

E ele disse que não conversaram muito.

– Eu tava cantando, Chico – foi o que ele falou como desculpa, como se houvesse qualquer possibilidade de desculpas por ter permitido que a única pessoa que talvez pudesse falar algo sobre meu pai se fosse sem qualquer sinal pra um reencontro.

Xinguei o tio, gritei com ele, fiquei até meio histérico, disse que ele tinha que ter pegado algum contato da minha dinda.

– Como é que tu não pegou nenhum contato da dinda? Como?

Dei um soco na parede (minha mão ainda tá dolorida). O tio ficou me olhando sem entender a minha raiva, a minha fúria, foi dizendo que não sabia dessa minha grande ligação com a dinda.

– E depois, Chico, ela nem deu muito papo. Tava lá se divertindo com as amigas e tal.

Ligação, ligação, o que tem a ver ligação? Não há ligação nenhuma, quis gritar. Mas não gritei. Me dei conta de que o tio não sabe dessa minha encucação sobre ter tido ou não ter tido pai. Pai que me quisesse, que me soubesse. Aí, entendi que, se o tio tivesse consciência dessa minha dúvida, desse meu interesse em saber do meu pai, talvez tivesse descoberto alguma coisa com a Maria de Lourdes. Sei lá.

(...)

Aí me dei conta de que a raiva que eu tava sentindo não era do meu tio. Nem da Maria de Lourdes, que eles têm a vida deles. A minha maior raiva é mesmo da minha mãe: morreu e levou com ela seu maior segredo.

(...)

Não, Marília, não falei. Ah, não falei porque fico pensando que o tio possa achar que sou um mal-agradecido, que quero achar meu pai (se é que ele soube um dia da minha existência), que não gosto de morar com ele, sei lá. Claro, só falando com ele que vou saber, só assim, mas pra mim é tudo bem difícil. Sempre. Quero saber do meu pai, quero partilhar isso com o tio, mas falta coragem. Quero dizer pra Heloísa o que aconteceu na casa do pai do Ramon, mas não quero ser caguete. Quero dizer pro Ramon que não tem nada a ver ele ir morar com o pai, mas acho que não tenho que me meter, mesmo julgando que o Ramon tá meio perdido com essa coisa do carro. Ah, ele tá fazendo aulas pra tirar a carteira de motorista; disse que é briga todo dia com a mãe, disse que vai viver com o pai. *Ele não me regula, Chico. Ele me entende. Entende porque quer atacar a ex-esposa*, eu pensei, mas não disse. *Espera ir morar com ele pra ver como as coisas mudam*. Pensei e, de novo, não disse. Às vezes me acho um tanto covarde. Ando meio mudo. Acho que só aqui é que eu falo, falo, falofalofalofalo.

(...)

Sim, sigo escrevendo. Não, não me acho preparado pra te mostrar. Acho que, no geral, o que escrevo tem a ver com o que a gente conversa. Acho que tem. Mas escrever é mais íntimo, sabe? Escrevo pra mim mesmo, apenas pra mim, pra mais ninguém. E fico pensando que eu poderia ser mais livre se falasse pros outros o que penso, mas aí tenho medo de perder o afeto, o carinho, a parceria de gente importante pra mim, como o tio, o Ramon ou a Heloísa. Se bem que, dos três, tenho mais pena é da Heloísa. No colégio, muita gente sabe o que aconteceu no jogo da garrafa. E eu, às vezes, acho que não parou por lá, percebo certa troca de olhares entre a Vick e o André Ricardo; creio que eles continuam ficando, até porque o Ramon, agora, anda mais com a colega do inglês do que com a Vick. Sei lá. Acho que cada um faz da sua vida o que quiser, mas penso que o André Ricardo não podia expor a Heloísa desse jeito. Não é só uma questão de machismo, é mais. Imagina se fosse ela que estivesse namorando com ele e ficando com outro? Comigo, por exemplo. Ou com o Ramon. Aposto que as pessoas não iriam ser tão tolerantes assim, não guardariam segredo. Conversei com a Adama sobre isso. Ela concorda comigo. *Tá tudo errado*, ela disse naquele jeito bonito de dizer, os erres carregados, os olhos negros bem dentro dos meus. Por vezes, acho que a Adama seria uma namorada bem legal. Queria gostar dela como gosto da Heloísa.

Ou do Ramon.

Acho que eu não disse, mas às vezes fico pensando, se eu girasse a garrafa e ela apontasse pro Ramon, o que iria pedir pra ele.

SESSÃO 31

Bah, Marília, e não é que alguém deu com a língua nos dentes e contou tudo pra Heloísa? Tudo, tudo. Tudo mesmo. E ela cobrou do André Ricardo, cobrou na frente de todo mundo; a gente no intervalo combinando um encontro pra comemorar a mudança do Ramon pra casa do pai dele. A Heloísa chegou, bem tranquila, e foi falando que seria uma boa ocasião pro *meu namorado escolher outra menina pra me trair ou, até, quem sabe, pedir novo beijo na boca pra Vick*. Ela falou bem assim. E ficou parada, encarando o André Ricardo. Todo mundo em silêncio, sem saber o que dizer pra quebrar o gelo, o mal-estar instaurado. A Vick ficou na dela, o André Ricardo olhava pra gente meio que pedindo socorro, aí balbuciou um *nada a ver*. E eu achando bacana a coragem da Heloísa e já querendo aplaudir quem tinha contado tudo pra ela.

– Fala mais alto – a Heloísa desafiou.

Aí o Ernesto disse que ia à cantina comprar um lanche, e a Júlia B e a Adama disseram que iam também. Eu não me mexi, confesso (e me senti meio mal por isso), que tava curtindo aquele enfrentamento. Pensei que deveria ficar do lado da Heloísa, que, se ela precisasse de apoio, ia ter o meu. Ah, meu apoio ela ia ter mesmo. O André Ricardo que se danasse. Fiquei pensando que poderia lucrar alguma coisa com aquela situação. E isso, pensar isso, fez com que eu meio que desconhecesse o Francisco que sou. Era como se um outro eu estivesse ali, apreciando a situação, desejando que o André Ricardo se enrolasse mais e mais, que a Heloísa não desse trégua. Não sei se isso é normal, Marília. É?

(...)

Não sei. Se soubesse, não tava te perguntando, tava?

– Foi tudo um mal-entendido – o André Ricardo falou. – E eu sou homem, né, Heloísa?

Cara, nunca pensei que ele poderia dizer algo tão idiota, se bem que ele é um baita de um idiota. Deu vontade de gritar: *Mas como tu é idiota.* Mas não disse, fiquei esperando a reação da Heloísa. Ela riu, sacudiu a cabeça. A Vick deu as costas e foi pra cantina também, talvez pensasse o mesmo que eu, que havia beijado e ficado com o maior idiota do mundo, como diz aquela canção da banda Topaz. Sabe?

– E eu sou mulher, André – a Heloísa disse. – E você é um machista idiota.

– Não precisa ofender – ele falou. E eu quase caí na gargalhada. Aí o Ramon tocou no meu braço e fez sinal pra gente deixar os dois sozinhos. Eu não queria ir, mas também não podia ficar ali, só eu, assistindo àquilo tudo. Só que meu medo sabe qual era? Que a Heloísa cedesse às desculpas dele e tal. Queria mais era ouvir ela dizer que o namoro tinha acabado, que tudo entre eles tinha acabado, que ela não era mais namorada dele.

Fim.

Porém, segui o Ramon.

A gente deixou os dois lá e fomos nos reunir com o pessoal na cantina. Claro que a gente ficou falando dos dois, não tinha como falar de outra coisa. A Vick em silêncio, os olhos presos no André Ricardo e na Heloísa, pensando talvez, depois daquela declaração ridícula, que ela também tinha sido idiota de ficar com ele. Era homem, tava livre pra ficar com outras gurias, mesmo tendo namorada. Idiota. Mil vezes babaca. Como pode ter cara que ainda pensa assim, Marília? Como pode? Quando contei pra Adama, ela ficou furiosa, disse que aquilo era machismo puro, que a Heloísa tinha que dar um chega-pra-lá no André Ricardo.

– Já era, já era – ela repetia. Concordei com a Adama e disse que ela, como amiga da Heloísa, tinha que falar isso pra ela.

– Imagina se ela perdoa o André Ricardo? – falei. Aí confesso que não entendi a lógica da Adama. Ela foi dizendo que uma coisa não tinha nada a ver com a outra.

– Como assim? – me indignei.

Ela explicou:

– Se a Heloísa ama o André Ricardo, ela tem que mostrar a ele a idiotice que ele fez, mostrar o quanto foi machista. Mas isso não significa que tenha que acabar o namoro.

– Como assim? – insisti. – Ele traiu a namorada, ele expôs a Heloísa.

– Porque pensa de forma machista. Se ela não o alerta, ele segue assim e pronto. Se ela não o ama, se acha que o namoro não vale mais a pena, aí tudo bem. Mas se a Heloísa ainda gosta do André Ricardo (e acho que gosta), pra que terminar o namoro? Não faz sentido.

Como assim não faz sentido, Marília? Como assim? É possível ficar com alguém, seguir ao lado desse alguém, mesmo sabendo que foi traído, que foi enganado? O amor pode superar isso? Sobreviver e tal? Eu acho que não. Não mesmo. Você acha possível, Marília? Isso de perdoar uma traição como essa do André Ricardo? Ah, não sei ainda o que eles conversaram, o que decidiram. Não sei. E se a Heloísa resolver continuar namorando o André Ricardo, creio que vou gostar menos dela. E sabe por quê? Porque sou bem diferente do André Ricardo, eu não teria ficado com a Vick (nem com ninguém) se fosse o namorado da Heloísa.

(...)

Claro, claro que eu sei que as pessoas são diferentes, óbvio que sei. Ser diferente, ok, mas ser desonesto, bah, aí não rola. Pelo menos pra mim não rola. O André Ricardo errou no óbvio: beijou a Vick, ficou com a Vick na frente de todo mundo, todos que conheciam a Heloísa. Eu, se fosse ela, não perdoaria mesmo. Acabava o namoro e pronto. Fim. É assim que penso.

(...)

Ah, o Ramon pensa diferente. Ele disse que não namora ninguém por causa desses problemas. Até cantarolou aquela música: *Eu sou de ninguém, eu sou de todo mundo e todo mundo me quer bem.* A gente tava no quarto dele. Isso foi já de noitinha, depois da aula. E depois que ele cantou, me perguntou se eu queria o bem dele.

Eu ri.

(...)

Ri, sei lá, Marília. Acho que ri porque fiquei meio sem graça. Não sabia se respondia sim ou não.

(...)

Queria responder sim, óbvio que eu quero bem ao Ramon. Mas, sei lá, fiquei meio achando que aquele querer bem que ele perguntava não era o querer bem só de querer bem, sabe?

Às vezes penso que o Ramon gosta de mim de um jeito não só de amigo, sabe?

(...)

Ah, gosto dele. Acho ele o cara mais legal do mundo.

(...)

Respondi que sim, que queria ele muito bem.

Aí foi ele que sorriu. E abriu os braços no meio do quarto, e pediu um abraço, e a gente se abraçou bem apertado. Um montão de tempo.

(...)

Foi. Foi bom.

SESSÃO 32

Às vezes, penso no abraço que o Ramon me deu, sabe? Até escrevi uma canção que fala mais ou menos assim: *Tu no meu abraço, eu no teu, braços e abraços, sem nada de palavras, um corpo no outro, dois e um só, nossos braços enroscados num abraço, e nada mais.* Eu mostrei pro tio. Ele disse que achou bem bacana e perguntou se aquela letra era fruto de alguma experiência. Respondi que sim. Ele sorriu.

(...)

Às vezes, eu acho que falo mais dos outros do que de mim. Aí fiquei pensando o que falaria hoje. Tem duas coisas: uma tem a ver comigo; outra mais ou menos. Quer dizer, antes tinha, agora creio que não tem mais. Seguinte, aconteceu o que já tava desconfiando que aconteceria: a Heloísa voltou a namorar o André Ricardo. Ela tinha pedido um tempo; o tempo durou pouco; uns três dias e mais alguns, eu acho. A Júlia B me disse que a Heloísa falou que gosta muito do André Ricardo pra terminar o namoro por causa de uma bobagem. Ela chamou de bobagem a vergonha que ele a fez passar. Quer dizer, acho que nem sentiu vergonha, acho que eu é que fiquei achando que ela sentia e tal. Bem, o fato é este: a Heloísa e o André Ricardo seguem namorando. E felizes, parece. Não sei ao certo o que eles conversaram e se ela, ou ele, impôs alguma condição. Não sei, nem me interessa. Nenhum dos dois me interessa mais. Se se amam, que fiquem bem, se amando e pronto. Falei tudo isso pro Ramon, ele riu e disse que eu tava me importando demais com a Heloísa, com os sentimentos da Heloísa, com o namoro da Heloísa.

– Só falta dizer que tá a fim dela.

Neguei; neguei não, disse a verdade, porque, se um dia fui a fim da Heloísa (e eu fui, não vou negar), hoje não sou mais. Depois de ela decidir seguir o namoro com o André Ricardo, não sou mais. Entende? Acho que o Ramon acreditou em mim. Acreditou ou não deu muita importância; ele só pensa na festa da mudança. O Ramon adora uma festa; já deu pra notar, não?

(...)

É, talvez. Claro. Se não me importasse de verdade, não tava falando sobre tudo isso e achando que não tem mais nada a ver comigo. Deve ter mesmo. Ainda.

(...)

Mas vai passar, eu sei. Tudo passa, não passa? Até a morte de minha mãe tá ficando pra trás. Eu acho.

(...)

Ah, eu tava falando do Ramon. Com o Ramon eu me importo. Bastante. E essa história de ele ir morar com o pai me preocupa um pouco, sabe? Até perguntei:

– E a tua mãe, como ela tá?

– Tá lá com os mimimis dela de *meu filho isso, meu filho aquilo*. Mãe é pessoa muito chata, Chico. Se você tivesse uma, ia concordar comigo.

Bah, Marília, ouvi aquilo e não disse nada, que não tinha nada que pudesse fazer o Ramon entender o quanto eu queria ter uma mãe cheia de mimimis se preocupando comigo, querendo me ter por perto. Não falei, e mesmo que falasse, ele não ia dar importância, eu acho.

(...)

É que ele anda só preocupado com as coisas dele. Com o carro dele, com a festa da mudança, com o teste pra tirar a carteira de motorista. É isso.

Difícil fazer com que se interesse por algo que não seja ele mesmo. Só fala eu isso, eu aquilo.

(...)

Melhor é eu falar de mim, é pra isso que venho aqui, né? Pra me entender, pra poder dar conta desse vazio de ser órfão desde os nove anos. Meu tio falou que tem me achado mais tranquilo, mais leve. Eu? Ah, acho que ando gostando mais de mim. E o Ramon, antes de mergulhar no egoísmo peculiar de quem acha que virou homem só porque fez dezoito anos, foi bem responsável por isso, por essa minha mudança. Gosto do Ramon, sigo gostando, e até acho que é uma fase, que vai passar e tal, e ele voltará a ser o meu amigo de fé, o meu irmão camarada, como sempre foi. Enfim, mas o que quero dizer não tem nada a ver com o Ramon. Tem a ver comigo. E com a Vick. É que a professora de arte resolveu montar um grupo de teatro amador na escola. Isso já faz algum tempo. E um dia desses a Vick, que faz parte do tal grupo, me convidou pra participar. Os encontros são semanais, no final de tarde das segundas-feiras, lá na escola mesmo. Ela acha que levo jeito, que eu teria muito a contribuir com o grupo, já que curto música, leitura e tal. Eu disse que iria pensar.

(...)

Na verdade, eu só tinha dito pra Vick que iria pensar sobre o convite pra não dizer não assim de cara, mas depois fui pensando e descobrindo que, sei lá, gostei da ideia, embora me apavore um pouco interpretar o que quer que seja no palco. Não sou capaz de decorar falas, de expressar sentimentos de outro ser que não seja eu, apenas eu, eu mesmo. Entende?

Tudo muito estranho. Fiquei entre o sim e o não, achando que poderia participar como diretor (mas aí lembrei que a professora faz isso), ou como escritor, ou figurinista, ou iluminador, ou até como árvore, uma imóvel e silenciosa árvore que ficasse quietinha lá no fundo do palco.

Tu tá rindo de quê, Marília?

O fato é que resolvi dizer sim. Conversei com o tio e com o Artur, e eles ficaram superempolgados com a ideia; o Artur até disse que, se precisarmos de alguém pra compor a trilha sonora, podemos contar com ele e com o tio. Imagina? Seria tri, né? A Adama acha que será legal eu participar. Todo mundo acha, pelo visto. A Adama disse que, se eu participar, ela participa também. Então. Acho que vou mesmo. Vou sim.

– Então, vamos – disse. Aí a Adama me abraçou e me deu um beijo. Na boa. Um beijo que começou meio inseguro, mas que depois se tornou o beijo mais lindo da minha vida.

Só que, quando contei pro Ramon, ele disse que era nada a ver. *Nada a ver você e a Adama. Nada a ver*. Ah, sei lá, eu há certo tempo até acho que pensaria como o Ramon, mas hoje não. Tudo a ver eu e a Adama. Não, a gente não tá namorando, não. Foi só um beijo, só um. E amanhã é a festa da mudança do Ramon.

Amanhã.

SESSÃO 33

Eu acho que não te falei ainda, mas sempre que meu tio canta naquele bar em que ele encontrou a Maria de Lourdes eu dou um jeito de ir junto. Sei qual é o bar, o Ocidente. Aí é fácil, só abrir a agenda dele e conferir seus compromissos musicais. Já fui quatro ou cinco vezes, sei lá. Presto mais atenção ao salão do que às músicas que o tio e o Artur cantam. Às vezes, fazem *cover* do Cazuza, do Belchior, do Zeca Baleiro, do Caetano (todos artistas que meus colegas, a maioria, nem sabem que existem), por vezes cantam músicas autorais. Sei disso, mas nem ouço direito se estão melhorando a performance ou não, só quero saber da dinda, da dinda e da dinda. Mas ela não aparece. Não vem. Não volta ao bar. Fico pensando que só bastava ela aparecer e me contar o que sabe (se é que sabe) sobre o meu pai. Bastava isso, e eu poderia conhecer um pouco mais da minha origem, um pouco mais de mim, poderia entender a ausência do meu pai na minha vida.

Culpa dele ou da minha mãe?

A culpa é de quem, afinal?

Mas a dinda não aparece, talvez tenha perguntado por mim apenas por educação. É o que se espera: que perguntemos como estão as pessoas que conhecemos e que faz muito tempo que não encontramos. É assim, não é? A gente pergunta, mas na verdade não está realmente querendo saber. É mais ou menos como acontece quando algum colega, ou vizinho, ou professor me dá oi e pergunta se está tudo bem. A pessoa que pergunta não está interessada que eu lhe fale sobre meus problemas, sobre minhas dores ou alegrias, ou que eu lhe faça um relatório minucioso de minha vida atual. Não, ela apenas espera que eu responda que está tudo bem (mesmo que não esteja e, na maioria das vezes, não está mesmo) pra que possa seguir adiante, despreocupada de mim e eu dela.

– Oi, tudo bem?

– Tudo, tudo bem.

É assim, né? Meio que um teatro das boas relações, das convenções sociais. Ando tão cansado disso, Marília. Tão cansado. Não vejo a hora de chegarem as férias. O tio tem falado de a gente ir pro Rio passar um tempo lá. E eu quero, quero bastante, ter um tempo inteiro pra passear, e mais nada. Ainda mais depois da festa da mudança. Ando bem confuso. Ah, não vou enrolar. O pessoal todo lá. A Adama não pôde ir, porque o pai saiu do hospital e tava precisando dela. A Heloísa e o André Ricardo trocando beijinhos o tempo todo, parecia que nem tinha acontecido tudo o que aconteceu. A gente ali, curtindo a festa, o Ramon (que já é de maior) bebendo cerveja e ficando com a colega do inglês, uma magrela de cílios enormes e voz esganiçada, que ri à toa, ri por qualquer coisa, como se não tivesse nada de importante a dizer, nenhuma opinião a dar. Não tenho paciência com gente que ri sem motivo.

Eu tava lá na minha, de boa, vendo o pessoal dançar, meio sem coragem de ir pra pista, mesmo querendo. E bem quando resolvi dançar, azar se eu dançar tosco, eu pensei. Bem, aí o Ernesto e a Julia B me chamaram: *Vem dançar, Chico*. Nessa mesma hora, o Ramon e a colega dele se aproximaram, e o Ramon foi logo dizendo que a Bruna, o nome da guria é Bruna, queria ficar comigo, me dar um beijo. *Ela te achou bem estiloso*, o Ramon falou. A tal Bruna sorriu, se aproximou, pegou no meu rosto e me beijou. Beijou pegado, e eu deixei, gostei, e quando vi, o Ramon se abraçou com a gente, beijou a Bruna também e depois ela me beijou, e a gente ficou ali, os três, nós três, só nós três e nossos beijos, coisa estranha, diferente, mas boa. E aí na madrugada, na minha cama, sem poder pegar no sono, só lembrando daqueles beijos a três, fui me arrependendo e pensando na Adama, no beijo da Adama. Mas, sei lá, acho que não é coisa de se arrepender, sabe? Afinal, eu queria, fiz querendo, acho que há tempo queria que algo acontecesse assim, desde aquele abraço demorado que eu e o Ramon demos.

Mas fiquei achando que tinha feito algo parecido com o que o André Ricardo fez; só aí me dei conta de que gosto da Adama, que adoraria namorar a Adama, caso ela quisesse. Porém, acho que ela não vai querer me namorar e nem eu vou ter coragem de dizer que gosto dela. Como dizer isso, se todo mundo viu eu ficar com a Bruna e o Ramon? Por isso, essa vontade de que as férias venham logo e eu possa dar uma sumida da escola, da cidade, de tudo. É difícil fazer escolhas, né?

(...)

O que mais me segura, sabe o que é? Não, não é a Adama, que, como já disse, dela estou meio com vergonha e tal. E da Bruna e do Ramon também. Bah, como queria que eu fosse menos complicado, menos esquisito; que eu fosse como o Ramon, ou a Vick, ou todo mundo: menos preocupação, menos culpa, menos estresse. Mas só consigo ser eu, só eu, não consigo pensar muito diferente do que penso, não consigo levar a vida menos a sério.

(...)

Ah, então, o que mais me segura é o grupo de teatro. Estou curtindo muito. Nós estamos lendo Shakespeare pra escolher uma peça dele pra encenar no final do ano. A que mais gosto das que a gente leu é *Macbeth*. A gente fez uma leitura dramática do primeiro ato. Bah, muito bom. O pessoal prefere comédia, mas eu piro mesmo é com as tragédias. Acho que adoraria dar vida ao nobre Macbeth, a ele e ao seu desejo de poder; embora a personagem da Lady Macbeth seja a mais interessante, ela é a grande vilã da trama em sua ânsia de riqueza. O marido é só um joguete das ambições dela. Isso tudo a professora explicou, mas claro que eu já tinha percebido, né? Tu já leu *Macbeth*,

Marília? Acho que todos os psicólogos deveriam ler a obra de Shakespeare. Sobretudo as tragédias: *Hamlet*, *Rei Lear*. Meus colegas preferem *Romeu e Julieta*. Ah, mas vou defender que a gente monte *Macbeth*. Vou defender até o fim.

SESSÃO 34

Não consegui vir na semana passada. Não tava com cabeça pra ficar falando sobre mim e tal. Andei meio resfriado, fiquei de cama uns dias, faltei à aula, perdi ensaio da peça, acho que querendo um tanto de distância pra pensar sobre tudo, sobre mim, sobre esse fantasma do qual ando querendo me livrar. Ah, isso de ficar pensando como seria minha vida se minha mãe estivesse viva, se descobrisse quem é meu pai, se a Heloísa não tivesse perdoado o André Ricardo.

Me dei conta de que a vida é cheia de *se* e que eu não posso ficar preso a esses *se* que me tornaram quem sou, caso eu queira mudar um pouco quem sou. Ser menos esquisito, ser menos sobrevivente, sem me perder de quem sou, sabe? Acho que todo mundo tem lá a sua essência, o que de fato faz parte de si. E mudar, acho, tem que ser pra se aproximar mais daquilo que somos realmente. Entende?

(...)

É, o meu professor de filosofia diz algo parecido com isso: *Você é muito maduro, Francisco.* E fico sem saber se isso é bom ou é ruim, entende? Às vezes fico preso a um passado que me põe camisa de força. É isso, acho. Aí fui uma última vez ao bar onde o tio canta; a Maria de Lourdes não apareceu. Então, tive aquilo como um sinal de pouca inteligência, me achei meio burro por acreditar (como se fosse algum filme ou novela de TV) que minha dinda ia reaparecer do nada e, com palavras mágicas e reveladoras, iluminar o meu passado e resolver tudo o que está complicado na minha vida; aí eu poderia ser feliz pra sempre, como nas histórias que minha mãe me contava quando eu era pequeno e acreditava que era possível ser feliz pra sempre.

Não. Não é.

Não tem como.

Nãotemnãotemnãotem.

Sei que parece óbvio o que digo, eu sei. Mas o óbvio quando a gente não para e raciocina, quando a gente está envolvido sentimentalmente com algo, fica difícil de racionalizar, de ver ou de saber aquilo que todo mundo vê e sabe, mas só a gente não enxerga, não compreende, mesmo que a obviedade esteja piscando em neon bem na frente do nariz da gente. Hoje eu percebo, hoje vejo claramente; creio que falar de mim, sobre mim, contar tantas vezes a frustração de não ter tido um pai pra me amparar e me cuidar e me amar depois que minha mãe morreu é que fez eu me dar conta do óbvio. Ah, a amizade do Ramon também ajudou, o jeito livre e mais leve com que ele vê tudo me deu um toque sobre tentar levar meus acidentes pessoais menos a sério.

Sou jovem, adolescente, não sei se isso é desculpa, mas por vezes penso que isso é bom. Isso, ser adolescente. Tenho tempo pra mudar, pra crescer, pra experimentar. Mas, ao mesmo tempo que penso isso, penso também que a vida está cheia de caminhões desgovernados, de motoristas distraídos, de mães atropeladas, de pais desconhecidos. Caminhões prontos a encontrar alguém no meio do caminho. E esse alguém pode ser eu. Quando penso isso, fico achando que tempo é algo bem relativo. Não há idade pra se morrer, não há.

(...)

Então, penso que o melhor é não desperdiçar o meu tempo, não deixar de aproveitar as possibilidades que surgem de viver algo bacana, de experimentar o que a vida oferece.

(...)

Quê?

Ah, não tô falando de nada específico, acho que não. Sei lá. Ficar com a Adama, talvez. Me reaproximar do Ramon, que depois da festa da mudança e do beijo a três eu tenho evitado. Aquilo foi estranho, mexeu um pouco comigo e com a amizade da gente. Mas não quero deixar de ser amigo do Ramon só por causa daquilo; ele, parece, tá namorando a Bruna. De ficante, ela passou à namorada. E a Vick deve estar chateada; ela sempre quis namorar o Ramon. Aí agora ele tá com a Bruna, a garota que nos beijou na festa da mudança. É meio estranho, não? Ter beijado a namorada do meu melhor amigo, ter beijado o meu amigo. Foi estranho, mas foi legal. Toda experiência vale alguma coisa, não vale?

Ele me mandou mensagem, perguntando por que não apareci no colégio, eu disse que tava adoentado e tal. Depois, quando retornei às aulas, ele só perguntou se eu tava bem, e eu respondi que sim. Foi aí que ele me falou sobre o namoro com a Bruna, contou assim, meio de repente, meio solto: *Eu e a Bruna estamos namorando*, como se precisasse me dar alguma explicação, sei lá por quê. Fiquei pensando que devia ser pelo tal beijo. Eles eram só dois, eu entendi. Na verdade, nunca pensei que o Ramon pudesse agir assim. Ele que disse que a Bruna queria ficar comigo, ele que se juntou à gente no beijo triplo, ele. Ele, sempre ele.

– Por que tem que ser assim? – perguntei.

– Assim como? – ele respondeu com outra pergunta. Acho que é bem assim mesmo: quando a gente entende algo, mas quer fazer que não entendeu, sempre se faz uma outra pergunta. Aí se ganha tempo para se pensar uma resposta.

Não falei nada, e ele repetiu a pergunta:

– Assim como, Chico?

Sorri:

– Tu sabe – eu disse.

Aí ele sorriu:

– É, eu sei. Na verdade, não pensei que seria assim.

– Assim como? – agora era eu quem fazia a repetitiva pergunta.

– Que eu ficaria tão mexido – respondeu.

Sorri e ele entendeu que aquele meu sorriso era sinal de que eu sentia o mesmo que ele.

E é bom que seja assim, né? Acho que é.

Acho sim.

SESSÃO 35

Falta pouco pras férias. E o pessoal do colégio está naquele período das festas de encerramento de semestre, festas que não acabam mais, todo mundo querendo fazer uma, até parece que ninguém nunca mais verá ninguém, e a gente, de verdade, vai ter apenas uns vinte dias de descanso, que depois vem o último semestre dessa etapa escolar (professores adoram falar assim: etapa escolar) e aí a faculdade. Não, ainda não sei bem o que quero ser, na verdade o que quero ser acho que sei; não sei é no que me agradaria trabalhar. Pensei em cursar cinema ou, quem sabe, ser professor de alguma (ou de várias) língua: espanhol, francês, até inglês está valendo. Fico vendo meus colegas tão certos, tão decididos sobre suas futuras profissões, que me sinto como se fosse alguém que perdeu o capítulo mais importante de uma série e já não consegue acompanhá-la, mas continua vendo e vendo e vendo. O que é estranho, diferente (pelo menos pra mim), é eu estar sendo convidado pra participar da maioria das festas. Mais estranho ainda é querer ir. Pelo visto, deixei de ser o esquisito, o cara que só podia fazer trabalhos com a Júlia B e com o Ernesto. Isso é bom. Eu acho que é bom, porém ainda me sinto meio diferente da maioria dos meus colegas. Por exemplo, nenhum deles pensa em ser professor, entende? Ou em fazer cinema. O Ramon disse que essas profissões não dão grana. Que a gente deve pensar em grana antes de escolher uma profissão. Será mesmo que tem que ser assim? Bem, o fato é que tenho sentido que o fato de ser diferente não me impede de estar perto dos meus amigos, de querer fazer festa com eles. E isso eu devo ao Ramon. Ele meio que me adotou como amigo, me aceitou do meu jeito e tal.

Numa dessas festas, eu e a Adama ficamos, rolou beijo, carinho. Fiquei pensando que ela pode ser uma namorada legal, mas fico com medo de, ao namorar, me isolar de novo e perder esses espaços de amizade. *Não se pode ter tudo*, o tio diz sempre. E se o tudo não é possível, se escolhe o quê? O que se deseja ou o que não se quer arriscar perder? O Ramon escolheu o que desejava: o carro, a casa do pai, a Bruna. E eu? Eu gosto da Adama, gosto do beijo da Adama, da sua conversa, do seu jeito de levar a vida, mesmo estando longe de seu país e volta e meia sofrendo preconceitos. Gosto dela. Mas, e se namoro, e ela tem que ir embora? Tá, sei, Marília, sei. Porém, não consigo pensar nem ser diferente, não consigo.

(...)

Ontem, meu tio me convidou pra ir àquele bar onde ele e o Artur cantam. Insistiu um monte. Aí eu convidei a Adama, e o Ramon também; a gente foi junto, caminhando pela rua de mãos dadas, os três. Perguntei por que a Bruna não tinha vindo. Ele disse que nada a ver ela ali com a gente. E não tinha mesmo. Nada a ver. Quanto a mim e à Adama, não chamo de namoro, mas também não é mais só amizade, não é. O que é, eu não sei. Melhor não pôr rótulos nos sentimentos. Só sei que gostei de andar pela rua segurando as mãos dos dois: soube naquele momento, Marília, que a gente se gostava bastante.

(...)

Pois a gente foi ao bar. Bah, e você não imagina a surpresa: meu tio e o Artur cantaram aquela música, a que eu escrevi. Nossa, foi muito lindo, emoção grande, ainda mais quando o Artur falou que a letra era minha e apontou pra mesa em que eu estava sentado. E todo mundo aplaudiu. A Adama me abraçou, o Ramon vibrou. Disse: *Cara, que tudo.* E me deu um beijo no rosto, disse rindo que eu tava vermelho. Meu rosto pegou fogo. Foi lindo. Os olhos do tio em mim eram de quem gosta, de quem sente orgulho, de quem quer bem. Aí me dei conta, acho, que o tio foi a melhor pessoa que poderia estar na minha vida, depois daquele dia em que aquele caminhão cruzou o caminho da minha mãe. O tio e o Artur são caras legais. Gosto deles. Foi bacana. A gente se abraçou. Primeiro nós três, depois a Adama se juntou ao abraço também. E o Ramon. Fiquei querendo mais pessoas naquele abraço. Queria a Heloísa ali, e a Júlia B, o Ernesto, a Vick e mais todos os meus colegas do grupo de teatro. Sabe que só depois, mais tarde, já na cama, me dei conta de que, das tantas pessoas que eu queria naquele abraço, a minha mãe e o meu pai não faziam parte. Eles ficaram no passado, eu acho. E a vida é mesmo andar pra frente. Não?

SESSÃO 36

Eu decidi. Aliás, essa última semana de aulas foi uma semana de decisões. Aceitei alguns desafios e retomei o que acredito ser importante pra mim. Tem aquela música do Belchior que diz que *o passado é uma roupa que não nos serve mais*, não tem? Ah, é que eu curto esses compositores mais antigos: Milton, Chico, Caetano, Belchior, aprendi com o tio; o tio gosta muito, ficava (e fica) ouvindo o tempo todo, e eu fui me acostumando com o som deles, com as palavras deles. Pois foi ouvindo Belchior que me dei conta de que não quero viver preso ao que já passou ou ao que poderia ter sido (acho que, de certa forma, já falamos sobre isso na sessão passada). Estou a fim de ser, de viver, de experimentar o que é possível, o que está por vir; e tudo isso só depende de mim mesmo, de eu dizer sim ao que acho que será legal, de dizer não a tudo o que possa ser entrave, barreira, chateação. Foi por isso que decidi procurar o Ramon. Fui até a casa dele; ele me abraçou forte, daquele jeito que só ele tem de me fazer sentir querido. Aí falamos sobre tudo o que aconteceu, sobre nossa amizade, sobre o namoro dele com a Bruna, sobre as férias que estão chegando, sobre a gente se gostar. E ele me disse que errou ao se mudar pra casa do pai dele, que deseja voltar a morar com a mãe, mas que ela ainda está chateada. Disse que, quando a procurou, ela falou que estava gostando de morar sozinha, que estava curtindo a liberdade, que estava namorando. Ele se emocionou ao me contar isso.

– Liberdade, Chico. Ela tá gostando de ter liberdade. Eu fiquei olhando pra ela e me sentindo um estorvo.

Tentei minimizar a fala da mãe dele, disse que aquilo tudo é porque ela continuava magoada e tal.

– Ah, Ramon, acho que ela só quer se vingar. Mas não sabe disso. Falou pra te magoar também.

– Sei não – foi o que ele respondeu. E aí me disse que ia continuar com o pai, que não iria mais insistir pra se mudar.

Fiquei triste com a tristeza do Ramon, mas feliz por passar a tarde com ele. Foi bom. Ele apenas ficou meio surpreso quando contei sobre minha vontade de namorar a Adama.

– Namoro? Você tem certeza?

– Namoro – respondi –, mas certeza não tenho, não.

Então, o Ramon falou das coisas não boas do namoro e eu fiquei achando que namorar era bem mais que aquilo de ciúmes e de prisão, fiquei achando que comigo e com a Adama pode ser diferente. A gente se gosta. Eu acho que o Ramon começou a namorar a Bruna só por namorar; comigo e a Adama pode ser diferente. A gente gosta de estar junto, é bom trocar ideias com ela, ver séries com ela, estudar com ela, e passear e andar de bicicleta e ouvir músicas e mais um monte de coisas. Tudo com ela. Só com ela. E, olha, acabei te contando minha segunda decisão da semana. A primeira foi procurar o Ramon, partilhar com ele essa vontade de estar mais junto da Adama, namoro talvez. Ah, e tem uma terceira. O tio finalmente me convidou pra passar as férias no Rio. Eu topei ir. Acho que será legal a gente ter um tempo pra reinventar o jeito de sermos só nós dois, como quando eu era criança. Agora sou adulto. Me vejo assim. Não tenho carta de habilitação como o Ramon, não sei que faculdade vou cursar, sei pouco de mim. Mas sei que não sou mais apenas um sobrevivente. E, disso tudo que sei de mim, eu gosto. Bastante.

(...)

Acho que por hoje é isso. Vou ao cinema com a Adama e com o Ramon. Nos vemos depois das férias. Certo, Marília? Boas férias pra ti.